凌翔　主编

当代作家精品

童年要去一趟巨人花园

曹小楠　著

北京出版集团
北京出版社

图书在版编目（CIP）数据

童年要去一趟巨人花园 / 曹小楠著. -- 北京 ：北京出版社，2024. 9. --（当代作家精品 / 凌翔主编）.
ISBN 978-7-200-18940-7

Ⅰ. I267

中国国家版本馆 CIP 数据核字第 2024DV5927 号

当代作家精品

童年要去一趟巨人花园

TONGNIAN YAO QU YI TANG JUREN HUAYUAN

凌翔　主编

曹小楠　著

出　　版　北京出版集团
　　　　　北京出版社
地　　址　北京北三环中路 6 号
邮　　编　100120
网　　址　www.bph.com.cn
发　　行　北京出版集团
印　　刷　三河市中晟雅豪印务有限公司
经　　销　新华书店
开　　本　710 毫米 ×1000 毫米　1/16
印　　张　15
字　　数　200 千字
版　　次　2024 年 9 月第 1 版
印　　次　2024 年 9 月第 1 次印刷
书　　号　ISBN 978-7-200-18940-7
定　　价　69.80 元

如有印装质量问题，由本社负责调换
质量监督电话　010-58572393

筛过的光

萧忆

翻开曹小楠女士最新作品集《童年要去一趟巨人花园》，我的身心陷入一种前所未有的轻松状态，虽正值盛夏，却犹如沐浴春光，眼睛里时刻都被一种浩渺的童趣和对生活的炽热之情所包围。这些用生活碎片和家庭故事交织起来的文字，让人读之欲罢不能。

字里行间充盈的童趣和关爱，是《童年要去一趟巨人花园》贯穿始终的内核，所有的文字，似乎都被时空过滤，萦绕着烂漫的本真。

《童年要去一趟巨人花园》通过记录童年的点点滴滴，描摹出孩子完整的成长脉络，这是孩子和家长的双向收获。这些用文字筑造起来的童年，永不会因时光的蹉跎而变色，它会是献给灿烂时光最美的礼物。翻阅全书，这些林林总总的故事，其实很多都曾在我们身边发生，只是太多的人对此或一时感慨，或莞尔一笑，并没有真正付之于文。这是曹小楠女士难能可贵的地方。她通过自己成熟的笔触，将这一幕幕、一个个故事，用文字再现。此类文字，如今是稀缺的。通过阅读，我想读者一定会感同身受，在书中寻觅到繁花烂漫的春天，绿意盎然的夏天，金色满园的秋天，以及白雪皑皑的冬天。四季变换，岁岁轮回，守住初心，守住童真，一些繁复的事情可能迎刃而解，一些枯燥的心情可能随风飘逝。

作家曹小楠的写作，并非简单的记录。她把父母对孩子的关爱注进字字句句，她把对时光的怀念写进每一个篇章，她也把每一帧美好记录下来。情节的表述，架构的建设，主题的把控，与她多年深厚的散文创作功底是分不开的。

评论家贺颖在《关于散文创作中的文学性与审美性：灵魂的复魅？》中曾说："一个优秀作家的基本前提之一，是必定对我们生活的这个正常的世界之外，还有另外一个隐秘的世界这样的事实深信不疑。""隐秘的另外世界"，我自己解读为内心向往的本真。毕竟无论世界怎样热闹、聒噪，总有一些被世事掩埋的光，在空阔的郊野尽情释放能量。曹小楠的创作，就是这一束束被人故意忽视的光，她在她的纯粹世界中，用文字擦亮夜空，用清风唤醒浮尘，努力构造着自我的精神世界，这并非是忘我的世界，而是对内心的真实描摹与肯定。

作家曹小楠优美的文字，也在笔触的流动间，向读者展现。文要有情，亦不可缺美。但文字的美，需要时间的沉淀，需要日积月累，需要正确的价值观，需要潜心耕耘。著名散文家安黎曾说："在创作中，之所以很在意美和强调美，在于文学原本就归属美学范畴。"文学以美为根基，又以美为形体，更以孕育美与创造美为天职。好的作品，如果不能体现美的特征，或许就会少了许多韵味。这个美，包括作品的高贵格调，优雅志趣，也包括文字的完美拼凑，别具匠心。曹小楠的文字，主题和格调的把控，是鲜明的，是正能量的。我想说的是她凝练的语言和优美文字的应用，亦是《童年要去一趟巨人花园》的重要看点。书中的文字，如春月柔婉的清风，脱俗淡雅，如娓娓动听的讲述，情意绵绵。或许是我长期从事散文写作和编辑工作的原因，对于文字的美，有着近乎偏执的喜嗜。这些文字，干净纯澈得不掺杂任何颗粒物，如同一汪沙漠中的池水，在仲夏给人以清凉，在沮丧时给人以力量，在雨后给人以彩虹。仅需数语，一帧帧画面便在眼前浮现。这些经过千锤百炼展现给读者的文字，满足阅读需要，便是作品具有可读性的一面。当然，本书的可读性并不是只通过作品的美向读者展现，更触动人心的是，对童年和童真的讲述。

本书中的文章标题亦让人眼前一亮，很有考究，看似随意，实则不然。这些富有诗意的标题，我们从《某种乐趣》《定格纯美》《午后》《落雨》《一束光的快乐》《夜里的笛声》《鲸歌清越》等便能略知一二。我们知道，题目是作品的眼睛，也是给读者的第一印象，好的题目，往往引人入胜，余音绕梁。

好的题目，再有好的内容，以及好的书写，自然就能出现好的作品。本书文章不敢说篇篇精华，字字珠玑，但确实为我们提供了更多饱满的东西，珍视的东西，璀璨的东西。我相信，这样的作品，一定会激荡起读者内心无边的渴望，也会让读者在阅读之余多一些思虑，在嘈杂的生活中多一些闲逸。

毋庸置疑，本书是一部成功的作品。它的成功在于内容和书写。因为好的内容，总会和读者产生共鸣，在此基础之上，再有好的书写，那就是珠联璧合，那就能出现让人耳目一新的作品。显然，本书二者皆具。

读完本书，是一个清晨。天边没有一丝云彩，也没有凸现的霞光，一切自自然然，一切如沐清风。相信读者在翻开本书时，一定也会和我一样，遇见温婉的熹微晨光，遇见新生的浅春。

祝福作家曹小楠!

作于东胜

2024 年 6 月 8 日

目　录

第一辑　岁月小记

第二辑　童话世界

第三辑　定格纯美

第四辑　鲸歌清越

第五辑　生命的流光

第一辑

岁月小记

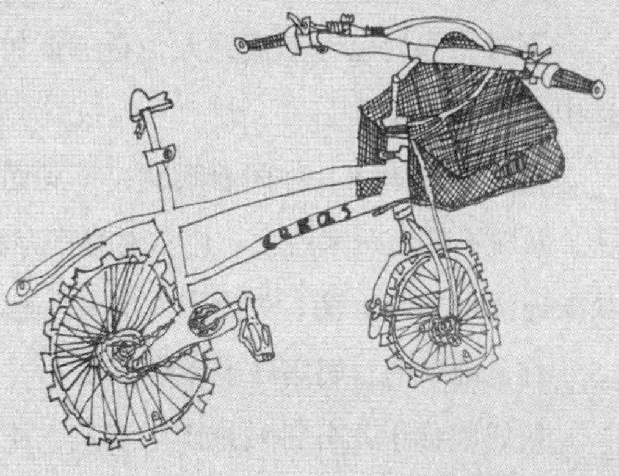

作画：关关

岁月小记

亲爱的关关：

你好啊！

今天，是你的一周岁生日，生日快乐！

2011 年 10 月 24 日，你降临到我们的身边，比预产期早了一个月。

难忘手术台上那针刺痛带着冰冷的麻醉剂传到妈妈的身体，剧痛在脊椎处蔓延，继而麻木；难忘那扇訇然打开的门，妈妈被推进手术室，里面是隔开的房间，头顶是白炽灯的光；难忘那一声震耳的啼哭，大夫已经提着你的小脚丫，把你那略略发红的小身体抱在妈妈的眼前。

那时，妈妈已经知道，人，是一个匆匆奔赴的勇者，在选择和被选择中，且痛且行。

见你的第一面，你闭着眼睛，不满而惶恐地扭动着身体，挥动着胳膊，两腿不停地蹬来蹬去。原本对早产存在担忧的大夫称了称你的体重，淡淡地说："5 斤 8 两，先给家人抱出去吧。"

你是健康的，妈妈终于释然了。

妈妈晚你十几分钟被推出手术室，姥姥和爸爸在，门口一个陌生大姐喜气洋洋地祝贺："生了个好姑娘！"许是她听到了你哭出的立体声音响效果吧。

回到病房，长方形钢管小床在病床一侧，姥爷正欠身，摘了眼镜静静凝视着你，不敢触碰，那么小心翼翼，唯恐惊醒了已经入睡的小精灵。姥姥也在一旁，怕你着凉，一次次为你掖紧小被子。

你的小嘴还是扁扁的，挂着委屈。

宝贝，你忘了吗？你曾经雄赳赳气昂昂地陪妈妈上班、开会、研修，你曾经不分昼夜地在妈妈肚子里“大闹天宫”。

在病房里，我们住了 3 天。姥姥陪着妈妈，在床尾铺几床薄被打地铺，夜夜起来照顾妈妈。你在左边，饿醒了哭，吃饱了睡。

同屋男孩儿先你几分钟出生，父母是外来打工的。来探望他的爷爷、奶奶，似乎更关心对他们而言高昂的剖腹产花费，蹲在墙角沉默不语，临走摸摸那小孩儿的小脸儿。那小可人儿被小褥子紧紧包裹着，小褥子脏脏的。夫妇俩没有那么多的担忧，初为人父母的他们问妈妈该为孩子取什么名字。依稀记得他们是河北人，在东胜打拼。我给男孩儿取了“冀东”这个名字，似乎又不太合他们的意，最后不了了之。

现在想起来，那是多么奇妙的一件事，你们两个，像一前一后落入凡间的天使，同处一室之后便相识无期。人生的聚聚散散，原来在我们无力体会时，早已发生在我们的身边了。

3 天后出院，再 3 天后又入院，那时妈妈躺在床上，形同瘫痪，最后是呼啸而来的救护车救妈妈于水火之中。担架在楼梯里转不了弯儿，只能用被褥抬。救护车司机是个大老粗，只带了两个柔弱的护士，还需要姥爷上阵，不仅如此，那司机还嫌动作不利落，说话就像夹了沙尘暴一样呛人。而姥爷只是喘吁着用尽全力配合，不言不语。

年近半百的姥爷，向来脾气很大，生气发怒是家常便饭，而那一天却从未露出不悦，这委实让妈妈心疼了。

从那天开始，你随姥姥、姥爷留在家里，妈妈在十几里之外的医院。

他们为喂饱你绞尽脑汁，彻夜难眠。

爸爸奔波在医院与家之间，每天赶几十里路，而妈妈只能看手机里你的照片聊慰思念。

高烧反反复复，妈妈变成了医院的典型病人，像这样的“二进宫”在这家医院里绝无仅有。

住院 8 天，出院前的一场冷雨已让秋叶落尽，眼前竟已经是冬天的模样，如同相隔一个世纪，那暗无天日的病房和对你切切的思念，都让妈妈归心似箭。

回家的那天恰好是周末，你在暖暖的床上睡觉。粉红色的窗帘、粉红色的床单……你出生时本不足月，瘦瘦小小，现在偌大的床上只有你自己在熟睡。穿着的衣服显得那么大，小胳膊早已不安分地从领口伸了出来。窗外洒下斑驳的阳光，让冬天的房间温暖，也将妈妈冰冷已久的心温热。

从初见到分别，仅仅不到半个月，妈妈竟已经饱尝一位母亲对女儿的思念。于此想去，姥姥又何尝不思念女儿。可惜路太遥远，她为了不让我操心，只好压抑着担心和焦虑，在家里照顾外孙女，两代人的关怀，虽方式不同，却都深挚到让人泪流。

今天，你一周岁，牙牙学语，用先发制人的小脾气征服了爱你的人，用攀爬挪走丈量你的领域，用一颗无邪童心欣赏这个世界。而身后，是爱的目光，紧紧跟随。

经过的挫折和苦难，让我们对现在的平和与简单更加珍惜，因为，它来之不易。

最后，祝你安康，快乐！

爱你的妈妈

2012.10.24

爱的技巧

跨年的前一天晚上，一家人在一起包饺子，关关也要参与，她把饺子皮对折，像是折纸一般粘在一起，肉馅却忘放了。老公提议洗两枚一角钱硬币，放到两个饺子里，一个饺子是我包的，一个是老公包的。

关关从没见过这样的做法，或者说她已经忘掉那些年包过的硬币了，觉得新鲜，追问，煮硬币好不好吃，真的能吃吗？当得知硬币不能吃，但吃到包硬币的饺子是一种福气后，又困惑地说，她已经吃过“人参果”了。不过接着表示并不介意再长点福气。

热腾腾的饺子被端上来，在姥爷的鼓动下，关关定了吃掉 9 个饺子的目标。我却忽然想起小时候，每每在这个时候，也要下定决心吃到包着硬币的饺子，一个接着一个地夹，就为了夹住那福气。后来吃撑了也没见到硬币，就开始拿着筷子点试，奇怪的是直到盘子里的饺子千疮百孔了，还是试探不出那硬币的藏身处。

关关的腮帮子鼓鼓的，两边各咬着一个饺子，像是秋天储食的松鼠一般，小眼睛还闪着攫取的光。一碗吃尽，又夹一碗，速度却明显放缓了。我们饶有兴趣地看着这熟悉的一幕，一代一代因为一种单纯的期待和美好的相信，演绎着雷同的情节。

关关吃得慢，我陪着一起慢，最后的 4 个，我们各两个。我夹到碗里后才发现夹到了那个包着硬币的饺子，只能不着痕迹地调开了关关的注意力，悄悄互换了饺子。一会儿，关关终于咬开那一个，喊着：“我看到了硬币的边！”那心情就像走了很远的路去掘一个宝藏，获得时难以抑制的欣喜，不同的是，后者要忍饥挨饿，而关关是受饱食的折磨。

小时候，硬币常从母亲或是父亲的碗里转移到我的嘴里，我喊着跳着，觉得新的一年又增添了无限的可能。直到有一天，父亲的动作不及我发现的速度，我才明白了。那时还小，心里更多的是失望和懊恼。这个小技巧，如今被我学到了，第一次用在了新旧年之交，用了以后才发现，是满满的期待和幸福。

另一枚硬币呢？它掉出了饺子皮，滑到了锅底，后来我们每人盛了一碗饺子汤，喝一碗饺子汤，也添福气。

爱的目送

年龄越大，就会越发地疼爱孩子，我且以为，这是自然情感的流露，无法阻遏的天性。

比如，我会在女儿熟睡后，在台灯微弱的光线下看着她胖嘟嘟的圆脸的侧影，忍不住伸出手指摩挲着她柔嫩的皮肤；常常会亲昵地握住她的小手，端看着每一根指头，再用力攥紧，踏实而满足。比如，舍不得让她等在家里而出去参加一个饭局，舍不得让她体会放学后在幼儿园里眼巴巴等着接的失望感。

那么，孩子对父母的爱呢?

也许我们总是认为她们的心灵是阳光下的一汪浅水，虽然清澈明媚，却滋润不了多少干涸的心田，也映射不出多么美好的风景，可事实全然不是如此。

一次开车和老公出去办事，女儿把我们送出门，又追问：“有没有带雨伞？”我们回复：“没有，有车就可以挡雨了。”她说：“那怎么行，那下车后呢？”老公说：“我们的衣服上都有帽子，距离短，戴帽子，不怕。”她一一确认我们衣服上有帽子后才安心地说了声：“Good luck！”关上门。

下了楼，我望着储藏室的那个窗户和老公说："关关一定会打开那扇窗的。那扇窗没有安纱窗，看外面看得更清楚，可没有护窗，她搬着小凳子放在窗台下探身看楼下，很危险。"上车前，窗户果然打开了，一个小人儿探出头，小手在嘴边热情地挥动，传下来一个又一个的飞吻。我们回应，上车，倒车，她还在挥手。怕有危险，让她关上窗户回去，她答应着，佯作关上，在我们行进时又打开偷偷地张望。

一个小时后办完事情回家，女儿开门扑进了爸爸的怀里，眼里跳动着兴奋，嘴里还嗔怪着："不是说很快回来吗？怎么这么久！"

虽有姥姥和姥爷的陪伴，可她还是会想念我们，无法排遣这样的思念时，她说她会去嗅嗅我们的衣服或被子，找找我们的味道。如果是睡觉前，还会把我们的被子铺开，下面放着枕头，那样就感觉有我们陪在身边。

曾经聊天儿，她突发感慨："怎么办？妈妈，离开你一眨眼的时间都会想，一眨眼是一分钟吧。"我说："那是一秒钟。"她说："嗯，一秒钟都会很想。"之后她的眼里泛起了水雾，又假装百无聊赖地打了个哈欠，顺便擦了擦快要流出的泪……

姥爷会常把这小可人儿的经典语录与我们分享，这次也不例外，看到她趴在窗口那么久，姥爷劝着："别看了，都看了那么长时间了。"

她说："我要一直看到他们的车被楼挡住。"

"一会儿就回来了，能有多舍不得。"

她略显深沉地说："唉，那是我的爸爸、妈妈，又不是你的，你怎么懂呢？"说出来时，全家大笑。

守望、目送，并非只属于父母，它应该是父母与孩子间彼此爱的交会，只是我们太在意自己前进的脚步，忙于躲避路上的淤滩，却很少想过要回头去领会那幼小心灵充盈的爱意，那爱灼灼发热，依然故我。

这样充满爱的目送，亦是无法阻遏的天性。

暖冬

小时候放寒假，常随父母去乡下走亲戚。冬天天黑得早，点燃一盏细腰大肚的煤油灯，就着光吃完团圆饭，聊聊家常。不觉已夜深，酒气烟味还在屋里游走，铺褥盖被，众人挨着躺下。开始是你言我语七嘴八舌，最后剩两三句闲话，直至沉默。

来的亲人多，手脚伸展不开，大炕热气上窜，烤得周身通泰。就那样，一直听着。地上温暖的炉火呼呼有力，院里的骡马打出沉闷的响鼻，晚回的猫儿从窗洞钻入，呼噜呼噜偎着炕头睡觉。耳边，就是这般热闹的声响，眼前，是从窗格遁进来的静静月光。

今夜，也是那般的月光，几十年了，月的清辉未减，身边的人来来去去。外面风雪呼啸，耳畔呼吸均匀。

无眠。

右手边的这个姑娘，这周开始，盼来了她长长的假期，终于可以自由地、肆无忌惮地睡懒觉，不会在美梦中被闹钟叫醒。

左手边的那个，襁褓里的男孩儿，此时，应该在脑海里整合白天见到的那些模糊影像，形成梦境。近一个月来，他总是为填饱肚子呼告，着实不易。

时间飞快，忽然，床上又多了一个赖床的小人儿。这一切，仿佛是虚幻的美好，不真实的情节。关关对这一切的改变反而坦然，有了弟弟，床更挤了。她不愿和姥姥一起睡，坚持和我们一起挤，每晚睡觉，满床的枕头和被子。半夜，弟弟哭闹了，她丝毫不为所动，还能自在地磨牙。磨牙声吵醒弟弟，她又握着弟弟的小脚丫梦呓："姐姐在，弟弟不怕。"

这个丫头，把自己当作了弟弟的守护神。每每妈妈抱弟弟，她不放心地提醒："扶着头，扶着头。"

但她不记得了，妈妈住院的前一晚，她还很不开心，还用手指头盘算时间。"5天，太久了。"她闷闷地说。

与妈妈暂时分离，是其中一个原因，她更害怕新来的弟弟搞破坏，还建议就让弟弟待在婴儿床里。到了上小学时，我们让她和姥姥、姥爷住一个房间里。但她一再强调，不打算和我们分床，说："一家人挤在一起才暖。"她想的很多很多，妈妈理解。

那天晚上，妈妈抚着熟睡中的丫头肉嘟嘟的胳膊，心里竟会愧疚，竟会失眠，竟会觉得这次的选择对她不公平。一份那么厚重的爱，那么执着的凝视，忽然要分给另一个小生命，这要让关宝承受多少失落！

"为什么辛苦地生宝宝？"关关问妈妈。

她也许忘了，去年春节前，一对小姐弟来家，搞家政的父母忙着擦洗，姐弟两个在逼仄、漆黑的楼道里玩耍。她去开门，急切地唤着他们进家一起玩儿，姐弟俩始终没有进来，宁可共守黑暗，也不愿弃对方而踏足光明，那就是一种自然的亲情之爱，血缘的亲密之情。

妈妈不想让关关未来孤单，希望关关在陌生的世界里多一份温暖的牵挂。希望关关有个弟弟或妹妹能一起走过无忧无虑的童年、懵懂轻狂的少年，一起分享快乐，稀释悲伤。即使有了事业和家庭，聚少离多，内心也终会充实而富有，因为姐弟，是彼此的依靠、后盾。

所幸，妈妈的希望达成了，姐姐关心弟弟，事无巨细；弟弟依赖姐姐，寸步不离。

今夜，又想起小时候亲戚家的火炕上，那脉脉亲情，如融融春暖袭人。

作画：翰宝

收集过去

妈妈抓着关关的脚丫，试穿去年买的鞋子："嗯，小了，这么快就小了。"

"个子不长，脚丫长得还挺快。"姥爷戏言。

临出门，关关又把那双鞋子套在脚上，鞋面高高隆起："妈妈，这个其实还能穿呢，我觉得挺不错，挺舒服的。"

她是不舍得那九成新的漂亮鞋子，怕妈妈扔掉。

关关爱收藏。姥爷一边收拾她床边的小挂袋，一边唠叨："哎呀，都收藏啥了，看不懂。"

"昨天还说，她收藏的很多都是我扔掉的。"姥姥嗔怪着。

转眼，翻出一堆。凑过去看，竟然有一张折出几处折痕的信纸，上面写着：豆腐皮、油菜、黄豆芽、酵母，还有用两条斜线划掉的"尖椒"，那是不知何年何月的购物清单。

下面是一张过期的超市代金券，她说："这是寻宝地图。"

这样奇奇怪怪的东西有很多：小黑板上挂着合并算式，两只表情不同的小熊合并成一个"大问号"，这是要找到解决它们坏心情的办法？长颈鹿变成了分解算式的结果，怎么得来的？

收藏品里有几个剪下的标签：粉底白点，拖鞋的标签；橘色塑料的圆形 logo，睡衣的标签；一只小熊和一只大熊亲吻的剪影，弟弟衣服的标签；前天被我扔掉的小兔折纸，是她送给我的第几百件礼物；还有不知从什么书上剪下的集点卡；上次姥爷翻箱倒柜也没有找到的指甲刀，3 个都在她这儿集合；那个沉甸甸的装满糖的黄色小宝箱正锁得严实，有获得的奖励，有朋友的分享，有超市的找零,5 月份的那一颗已经透支了，要吃下一颗得到 6 月了，钥匙就压在箱底。这些多而庞杂的宝贝，不是一朝一夕、一时一地能收集起来的。

澳大利亚的叫声叮铃铃的园丁鸟有收集各种小玩意儿的习惯，对色彩极有品位；美国伊利诺伊州的木鼠喜欢用手头得到的任何东西筑窝，窝里放人类扔掉的玩具、瓶盖及任何闪光的东西。前者是为了讨心仪者欢心，后者是出于可贵的好奇感、奇怪的喜欢感、莫名的纪念感，无关世俗的审美标准，无关传统的价值观念。

关宝（关关）属于后者。

想起那年去北大，看完那几只流浪猫，她就开始忙着把收集来的小树枝和小石子装在爸爸的包里，最后到了未名湖畔，索性举来一块大石头要爸爸搬回去，把爸爸吓得不轻。想起她和小伙伴儿在小区公园玩耍，忽然脱兔般奔到妈妈的脚边，献来一根枯萎的瑟瑟发抖的狗尾巴草：“妈妈，这是我给你的礼物，祝你天天开心。”想起姥爷说弟弟像一个小弥勒佛，她在得小奖励时向老师要了红色的贴纸，回来贴在弟弟的眉心。

关关是幸福的，忙忙碌碌地关照自己和亲人，充满真实活泼的元气。

好多年前，妈妈也是这样，收藏各种小物件，放在一个大鞋盒子里。亮不起来的小鱼钥匙扣，泰坦尼克号主角的宣传小卡片，张智霖的小贴纸，长而扁的铅笔盒装着 12 张连着号的两角钱纸币，还有裁剪下来的写在书皮上的几首打油诗。

前几年回故乡，看到这些，就像抹去了那隔绝记忆的湿雾，丝丝过往被这些小物件拖曳出来，横在脑海，一时忘了置身何处。

人啊，年轻时跃跃欲试，迫不及待地要和昨天的自己告别，活成一个崭新的模样；后来，不再急着跑上前，却又被时间推着，身不由己。

每一个曾经的自己，都不是现在的自己，却能合起来拼凑出一个完整的自己，就用这一个个小小的收藏品拼拼凑凑，一页碎纸，一朵萎花，一颗弹珠，一本笔记。

人生的完整，是在安好的现实里，还有这些独特的过去。

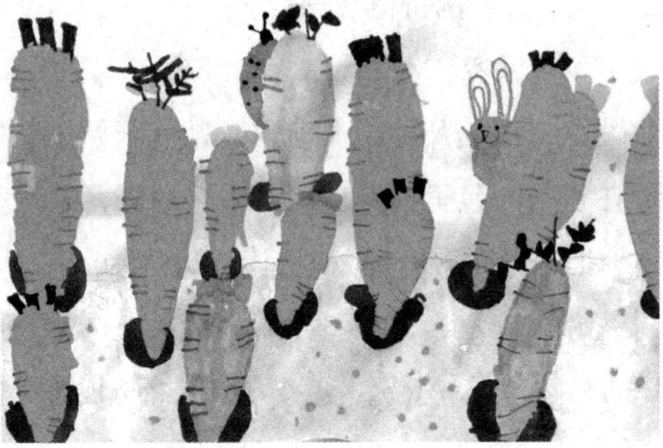

作画：翰宝

演戏

关宝的假期作业提早半个月完成了。炎炎夏日，百无聊赖，关宝提议，不妨一家人演话剧，剧本是关关最近读的绘本《三国演义》。

翰宝，还不满一岁的娇憨小娃，在床上哼哼呀呀，因为旁边要有人照料保护，所以演出地点只能选在卧室了。

安排演出不分情节顺序，只凭个人喜好。

推敲之后，第一场演《空城计》，重要角色不多，情节简单，主角一对一就能拿下主要戏份。

关宝演司马懿，爸爸演诸葛亮，妈妈抱着6个月大的翰宝在床上当观众。

演出开始了，诸葛亮的独白之后，一曲《将军令》就从嘴里“弹”出来了，旋律很奇怪，像是即兴编成的诵经声。

司马懿皱着眉头，侧耳倾听。那边诸葛亮口诵伴奏“噔！”的一断停，司马懿转头便逃。

观众不满，整场下来，司马懿一句台词都没有，仅靠神态动作说话，哪有威风凛凛的气势——这司马懿够窝囊哟。

第二场，《桃园三结义》。

两个演员不够，只能妈妈来凑，只剩下翰宝一个观众，而这个观众还不能独自久坐，要被演员带到台上。

演出开始。刘备、关羽、张飞三人相遇，相谈甚欢，兴致来也，在桃园结拜为兄弟。

爸爸是大哥，慈者刘备；妈妈为二弟，义者关羽；关宝是三弟，猛者张飞。

三人合计起兵，初始招兵买马遇到难题，商量之后就只能让翰宝充当小兵了，翰宝一旁等待，口水滴滴答答，明显对这个角色垂涎已久了。

经过几番尝试，这小兵也确实听话，从不临阵脱逃。

第三场，《曹操刺杀董卓》。

翰宝松口气，退下阵，和妈妈再做回观众。爸爸还没来得及对细节再熟悉，就已经被关关扮演的曹操强迫按倒在躺椅上。无奈，只好当董卓躺定，闭眼假寐。

曹操见董卓已入戏，拿“刀”凑近，那董卓却睡沉了。曹操不知下面的戏怎么演，只好用“刀尖”戳戳董卓脊背，示意他快醒，以防行刺成功，丢了性命。

历史真是污了曹操之名，孟德乃真君子也。

经提醒，董卓醒来，喝问：“你要干吗？”

曹操跪倒：“我是来献刀的！”

董卓：“什么刀？”

曹操：“宝刀！”

董卓：“刀叫什么名字？”

曹操：“……”

观众回应救场：“它叫宝！”

哈！这哪是话剧，分明是闹剧。但是，历史上最不缺的就是闹剧了！

最后一出《三英战吕布》，三英已有，单这吕布不好找，刘备提议，翰宝可以。

彼时，翰宝正在床上啃脚，三英小觑之：“哈哈哈！此小儿不足用也，罢了，罢了！”

吕布被笑声吓得一愣，放下美味，嘴里嚷嚷着：“da——da——da——”

众人惊叹，这小吕布俨然也入戏了！

我知道

我知道，清晨6点左右，你会伸个懒腰，蹬蹬小脚丫，绷紧小腿，再缩回到胸口，像是在妈妈肚子里那样，安静地蜷缩一会儿。

但是夏天早上的太阳明显让你的意识清醒了，只是不睁眼，嘴里呓语：妈妈，妈妈——这是试探，看看妈妈有没有守在身边。如果没有回应，你会拖长声音呼唤，和着哭腔，坐起，四处望，妈妈不在身边，你便怅然若失。

妈妈小时候也有过这样的心情。夏日炎炎，姥姥、姥爷午休，妈妈睡不着，枕着姥姥的胳膊，嗓子咳出大声响，睁大眼睛等着姥姥回应。姥姥知道妈妈的小伎俩，故意装不知。

百无聊赖，百无聊赖，困意来了。

下炕，趿拉着比脚长一倍的拖鞋，从高高的水瓮里舀来半瓢冷水喝几口醒神，再爬上炕枕着姥姥的胳膊……睡醒的时间多是下午3点多，姥爷上班去了，妈妈常常猛地坐起，身上盖的是姥姥的薄被。

我知道，你会着慌地提着小被单跑出卧室，你总是先去厨房找妈妈，在安静的早晨，那儿有火苗煮粥饭的声音，“呲呲呲”的小火苗怀抱圆润的锅具，小米在里面上上下下游动，乐开了花，你仰起委屈的小脸儿。

妈妈解释，要做早餐。你不听，高举着手，要抱抱。

妈妈小的时候看不到姥姥，也会穿上小鞋子到处找，跑到院子里对着西面的高墙喊，没人应答，打开大门出去寻，姥姥在对面巷子口端端地坐着织毛衣。姥姥有织不完的毛衣，毛线团装在地上的塑料袋里，袋子随着抽线在脚下欢跳，若即若离。从袋子里抽出的那根线先是松松地搭在姥姥的小指上，绕一圈，再穿绕过拇指和食指，又缠在毛衣针上，一寸一寸，规规矩矩地走进细密的花样里，周围同样是藏了整条小巷家长里短的主妇。

我知道，我去上班，在你刺破宁静清晨的第一声不舍的哭声之后，有一个小小的身影会蹦到你的身旁。她身形单薄，但是行动灵巧，心思细腻，是一个小可人儿。你的姐姐，不会抱着安慰你，只是躺在你的身边，延续着刚刚被打断的美梦。

你却突然安静下来。“饶饶（挠挠），饶饶（挠挠）”，你说。腿上被蚊子叮的小包，被姐姐挠得特别舒服。

姐姐伸手摸到，轻轻地帮你挠痒。然而，越挠越痒。

姐姐累了，不管了，跑开了。

你追在姐姐身后，高抬腿追：“饶饶（挠挠），饶饶（挠挠）！”

妈妈没有兄弟姐妹，不会被哥哥姐姐宠，也不用去宠弟弟妹妹，去小巷里挨家挨户搜罗自己的小伙伴儿，攒到一块儿，玩土捏泥，春天捕蝶，夏天摘花，秋天去麦垛里藏老妹妹（藏猫猫），冬天去浅水沟里滑冰，可是夕阳傍山的时候总是四散回家。家里，姥姥、姥爷忙碌着，没有一个亲爱的小身影可以和妈妈在同一个屋檐下窃窃私语。

我知道，姐姐有一个秘密小屋，餐桌下面，长长的桌布垂下，四面帷幕挡住妈妈的唠叨、爸爸的督管。姐姐把书法课得来的会发光的小飞机用胶带固定在头上的桌底当吊灯，你常被邀请进去做客，姐姐甚至还把饭菜端进去，你帮姐姐消灭剩饭，抬头听姐姐谈天说地，不知所云，还听得津津有味。

我知道，姐姐有时也会羡慕你。

一场猝不及防的雨扎扎实实地砸下来，我们被困在观光车里，离出口不过咫尺，也只能望雨兴叹。幸好是太阳雨，没多久就收了雨势，云的墨痕被漂洗干净，阳光刷新了心情，急雨形成的水洼在车前闪着诱人的碎光。

你定定地看得出神，说了一句："下。"颠儿颠儿地跑到那水洼里。

姐姐在旁边提醒："哎，弟弟，把鞋弄湿啦。"

你不听，高高抬起小腿，用力，踩！鞋子踩出的一圈水花绽开万道光芒，水花又弄湿了裤脚。

姐姐去拉你出来，最后变成两人一起踩。妈妈在旁边喊，衣服要弄脏了，心里却羡慕那大无畏，小自在。

我知道，每一点雨滴都有它的使命，由水蒸腾，生成云，穿过风，穿过水泥森林，落到世间，濯洗着什么，改变着什么，滋润着什么，期待着什么。

我知道，人生在茫茫无际的天地，如雨滴，倏忽不见，最后也会在永恒的时光里蒸发。但是，一些际遇，一种守护，不变的传承，生生不息。

写给关关的一封信

亲爱的关关宝贝：

今天是 8 月 26 日，是你上小学的前一天，就在昨天，我们一起完成了报名工作，累得人仰马翻。

今天，凌晨无眠，趁着东方将亮的天色，趁着爸爸、弟弟和你还未醒，家里这难得的安静，妈妈为你写信。也许这封信要写很久，有因太过深情而词不达意，有因太过认真而斟酌再三，这，都是出于对你的在乎。

上一封写给你的信，至今还在备忘录里，那是生弟弟的前一天，妈妈写给你的，想把那独一无二的爱再回味抒写给你，之后接受将变的生活方式。

这封信，写在这样特殊的日子，是因为你将成为一名小学生，迈出考学路上的第一步。

明天，大约 7 点 10 分，你会牵着妈妈、爸爸的手从家里出发，过一个红绿灯，到你的新学校。由爸爸牵着你的手走进学校，走向你的新老师、新同学，参加迎新仪式。而最爱你的姥姥、姥爷在家里照顾弟弟，否则他们一定会结伴而来，他们一定会不停地谈论你，牵挂你。弟弟正是懵懂时，会奇怪早起不见你来逗他，也会想你。

那时，留在校门口的妈妈会举起手机，为你和爸爸的背影拍一张照片留念。妈妈为你们拍过很多牵手的背影，在雪地里，在公园里，在阳光下，在小河边，你紧紧攥着爸爸的手，羞怯时紧紧抱着爸爸的腿，害怕时冲进爸爸的怀抱。而这张留影过后，我猜，你会欢乐地迈进校门，像只不知疲倦的鸟儿四处张望，叽叽喳喳。

身边的爸爸呢，他居然会比你紧张。他知道这条路的漫长、艰难，孤独时，他不能再在身边陪你玩耍解闷；有困难时，他不能像超人及时飞进高墙帮你解决。而这一切，竟然要身边这个宝贝女儿独自来承担。但，爸爸和妈妈都知道饱含痛苦的付出会有令人欢欣的收获，对你充满信心和希望。

我们会看着你的小身影走进那个集体，像一滴晶莹的小水珠汇入欢腾的小河，被其他的水滴包围着，直到终于看不清。

嗯，想起送你上幼儿园的第一天，那天，你可是哭着喊着要妈妈的，那时，妈妈和爸爸就是你的整个世界。可现在，你的个子长高了，脚底生风，手灵巧了，眼底波澜，就连每每下楼散步，你都很少乖乖地抓着妈妈、爸爸的手，会跑去前面“探路”，虽然有妈妈的一再提醒，可你一次比一次跑得远，现在的你，想要跑遍整个世界。

昨天晚上，妈妈和你说：“从明天开始，你将是一张白纸，上面的图案要自己去描绘，妈妈和爸爸不再刻意帮你做什么了，如果你是展翅的雄鹰，那就用飞翔和天空来证明自己；如果你是一只不起眼的小蚂蚁，也要通过勤劳和坚持来证明自己；如果你是一只小臭虫……”你皱着眉头笑了，说：“我才不是什么小臭虫呢！”

为了证明自己，你要坐在那张高高的课桌后，上一节漫长的40分钟的课；你会有一个新同桌，一个并肩战斗的小战友。你开始慎重地写下第一个歪歪扭扭的字，因为太小心，笔迹都看不清；你开始经过老师的允许后红着脸小声回答问题，回答完坐下胸口还奔跑着一只欢快的小鹿。

来不及回忆，你曾在新年节目将开始的时候，面对着已经坐好的观众在台上打滚儿要赖；来不及回忆，你刚长出一颗小牙时，迈着伶俐的步子穿过路遇的那片小树林，在里面赖着不出来；来不及回忆，你在姥姥家摇摇摆摆地拿着拖把帮忙做家务；来不及回忆，我们的目光永远追不上你成长的足迹。宝贝，这一切的变化是顺其自然的，但是，对爸爸、妈妈而言，太快。

那么，好吧，就这样，一步比一步走得更稳，跑得更快，说得更动听，笑得更灿烂。寻找未知秘境里美妙的景象，倾听寻常生活里最真实动人的声音。

新学期，新起点，不骄不躁，学，无止境。

爱你的妈妈

2018.8.26

翰宝启蒙第一课

关宝在黑板上涂涂画画，而这块小黑板，在她上小学之后几乎没有动过。然而，周六下午，她一边端详着，一边沉醉着，最后，在燃气灶上的火烧得正旺的时候，她忙不迭地从厨房把我拉到她的房间："妈妈，你看，我画的。"

那幅画，画风凌乱，勉强可以看出左上角有一个大太阳，似长了一颗金牙，亮闪闪，周围是锯齿形的光芒，还有一个太阳跟在它后面，小个头的，抖出些许动感。右下角是一个小人儿，披散着头发，带着笑，头上骑了另一个人，头发也蓬乱，两个人估计有过一番较量，后来被打出场外。左下角是一只大狗站起身，被后面的一只嘴里嵌满獠牙的小狗撵得要跨出黑板边际。黑板上有字，歪歪扭扭的"姐姐"，缺少笔画的"弟弟"，被一颗不对称的爱心连接着。

我茫然，不知道该怎么夸。只是点头，之后象征性地竖起大拇指。

关宝解惑，这是她给弟弟准备的第一节课，认识"姐姐"和"弟弟"，让弟弟知道姐姐和弟弟是充满友爱的，是亲密无间的。

我脑补不了那画风，最近翰宝在我的印象里是一只亢奋而好奇的"爬行动物"，无处不在，无所不为。就在前天，他成功地扩大了自己的疆域，锁定了目标，摸清了路线，从客厅斜向爬行，再来个右急转弯，直线行进，穿过姐姐的门框，偏右，那里的墙上常插着一个东西，闪着光，好玩儿，那是姐姐的充电器。可恼的是，每次要得逞的时候他都被抱回原处，同样的路线就这样执着爬行数次。

晚上回来，写了作业，在妈妈检查的空当，关宝打了招呼：“去去就来。”然后，就听得外面翰宝咿咿呀呀的声音停止了，很快，关宝紧紧环抱着翰宝“吭哧吭哧”地进门。我呆望着他俩，猜不到要发生什么。翰宝乱舞着两只小胳膊挣脱不得，皱着眉头求救般和我匆匆对视了一下，就被姐姐安放在黑板前的小椅子上，虽然椅子很低，但翰宝太小，坐下后两条小腿够不着地，没着没落地晃。

姐姐的一声“坐好”，翰宝竟然听懂一样坐得笔直，目视前方，肚脐在皱起的衣服下晾着，小肚子一鼓一鼓。

“翰宝，我们来上课，来，跟姐姐读，姐姐，弟弟……”

翰宝的口水又拉到圆乎乎的下巴处，一双小眼睛看看姐姐，又回头看看我，不知如何是好。

哦，两个太阳，一大一小，是姐弟俩，那立起来的大犬原来是恐龙，画风取自宫西达也的“恐龙系列”，前面那一只是关宝，后面那只张牙舞爪的是翰宝。爱心，是紧紧连接着姐姐和弟弟的爱。我站在门口旁听，真有些感动了。

姐姐为弟弟准备的第一课，不是认识祖国，不是认知五官，也不是认识“日月水火”，而是认识她认为最重要的知识：姐弟情深。这些，都源于她爱弟弟，亦希望得到弟弟的爱。就像关宝常说的：弟弟一定会很爱姐姐的，因为我们在出生前住的是同一个房子。

翰宝听懂了多少，不得而知，我想，至少他听到了姐姐言语里的“姐姐”和“弟弟”这两个词。最近，姥姥告诉翰宝，姐姐要回来了，哭闹的他会立刻听话，乖乖地坐在小车上，小车正对着房门，抬头静候。

此时，他应该隐约明了，眼前的画面里，有他和姐姐的故事。

一节课讲完，不过 5 分钟时间，结束时，他竟然煞有介事地抬手，鼓掌，不枉姐姐准备多时。

晚上，关宝睡前总结课堂效果，深思熟虑后，郑重决定：“这节课至少要上两遍，一定要让翰宝完全明白‘姐姐和弟弟’。”

翰宝搬书

家里最忙碌的地方，就是书架前。

2018 年 10 月 30 日金庸辞别江湖，他存世之作颇多。妈妈读先生的书，是在少年时期。而家里书架上一整套金庸的书已经闲置很久了，怀念斯人，莫如捧书再细读，就当重温如火如荼的青春岁月。爸爸也来致敬经典，加入金迷队列，和妈妈进行“阅读大比武”。

其实，妈妈不常读小说，妈妈爱读的书主要是传记、散文，不同的国别，不同的情感。从家国情怀来说，有从民国款款而来的张充和，带昆曲跨洋渡海，扬我国粹；有回溯往事于唐诗宋词中漫步的叶嘉莹，为诗词付尽一生。若是小我呢？林清玄穿过山林石阶翩翩而立娓娓道来，白先勇在花墙深院缅怀故亲的真情沧海桑田，张爱玲在旧上海小弄堂庭台拈来几段唏嘘，李娟仍眷念阿勒泰的那场皑皑白雪。

这些，无论哪一本，哪一篇，都蕴藏真情，让人手难释卷。

关宝不读这些，她从书架上抽出一本《老鼠记者》，沉到沙发里，浸到书海中，从第一本跳到第十二本，又跳到第六十七本。这套书其实她早已读完了，读完之后，重新读，变成了跳读，没有什么规律，而是随心所欲。有时候，一坐就是一个下午。

曾问过她有什么收获，后来不再问了。喜欢的时候，也许会有具体的答案，一旦沉迷，就难分虚实因果。那，就让她自在欢喜吧。

还有一位，弟弟翰宝，终日忙于书架前。选个不远不近的距离，说近还有空地，说远还可以够到书籍。席地而坐，表情严肃，抬手，随机抽取其中一本。

居然抽不出，撬不开，原本的泰然消失了，嗓子还发出防空警报般不满的嘶鸣。

姐姐在旁观察许久了，一边看他从不满到假哭到挤出大滴的泪，一边向妈妈告状："妈妈，弟弟又在抽书！"

妈妈早已经听到，让他抽去，抽不出是挫折教育；抽出来，成就感满满，还能练好手劲。

妈妈千叮咛，万嘱咐，要卡紧每一列书，不给"敌人"留可乘之机。

但也有漏洞。可叹，队友太大意，"敌方"太狡黠。一本书抽出来，关宝已经沉浸在文字里了，那执着的小身影从远方蹒跚而来，流着口水，小手全覆在书脊上，掰下一厚摞。书倒下来，他不管，好不容易打开一个大缺口，就势如破竹，又伸手去翻别的书。

待到70册书一片狼藉，枕藉于地，"主犯"早就顾而之他了。他在等，等书全部还原上架，再来瞅准空当一本一沓掰下来。

妈妈有强迫症，明知后果，还要拾起来，一册一册按顺序摆。一边摆，一边想，翰宝搬书的心境是否和陶侃运甓的意图有异曲同工之妙呢？

想那陶侃，乃东晋时期名将，闲居广州时，已近花甲之年。每每清晨会把一百块砖搬到屋外，黄昏时分又搬回来。旁人不解，问何故。陶侃解释，此时如此悠闲，怕以后不能胜任工作，所以要强身健体，以图为国效力。

生命，在于担当，在于家国情怀。这是陶侃所想。

生命，在于折腾，在于无事生非。这应是翰宝所想了。

前者为苍生，后者"苍生畏"。

牵手，放手

8岁的关关主动要求独睡，她把玩偶排列在床的一角，开了小夜灯，又和妈妈做睡前拥抱。

睡前读故事好像是很久以前的事了。某一天，她锁上自己的房门，放自己到一个独立清静的空间；某一晚，爸爸、妈妈外出，她不愿再做小尾巴，而是选择留在家里读书；放学，不再独独牵着妈妈的手，而是牵起同学的手，嬉笑闲聊。

关关曾经对妈妈的依恋，就像弟弟现在的样子。

读宫西达也的温情恐龙系列，最爱《你看起来好像很好吃》。

“以前，以前，很久以前。”

翰宝心领神会，开始采集妈妈的微表情。

“在一个晴朗的日子，山嘭嘭嘭地喷火，地咚咚咚地摇摆。”

他翻身爬起，身体成弓形，蓄势待发。

“就在这个时候，甲龙宝宝出生了。”妈妈抬头，不怀好意地冲他瞥了一眼。

他捕捉到了，兴奋得张大嘴巴。

“可是，在那么大的地方，就只有它一个。”

小腿抬起，小手也跟着探到前面，他，要逃了。

“甲龙宝宝觉得好孤单，抽抽搭搭地哭起来——”

他已经溜到了门边，转了一半的弯，隐去了半个身子，转而回头看究竟。

“甲龙宝宝一边哭，一边走。”

他猛地抽身，夺路而逃，一边跑，一边抑制不住咯咯地笑。

后面，是妈妈夸张的号叫声：“嗷——嗷——”

抓住脖子、胳肢窝、小脚心。

他推搡着妈妈的手，笑得上气不接下气。

这个故事已经很熟悉了，一切的故作惊慌，是为迎合情节，是为和妈妈默契地配合。

翰宝是姐姐的过去，而姐姐，是翰宝的未来啊。

所以，妈妈常常把翰宝举高高，喜欢紧紧地抱着他，好像永远也抱不够，就怕他明天就会长大，会拒绝我这样的亲昵。

但是，翰宝会长大，没有能牵一辈子的手。

即使曾经那么依赖。他蹒跚而来，抬头望，是想让你抱抱。抱起来，又像棵寄生的藤萝，缠着你，剥离不掉。哭的时候，偷偷瞥你的脸色，玩起来，有你在身边才安心。

但是，终有一天，他会脱开身，一点点适应和父母隔开的距离，适应分离的时间。最后用对这个世界的所有认知和经验鼓励自己走出家门，走远，走入另一片未知的森林。

在时间的刚性规则面前，并不是所有的熟悉都会一直熟悉下去。身为父母，改变不了什么，只能在可以陪伴的时光里，紧紧牵住他的小手，在他双翼生风时和他挥手，为他祝福。

因为，父母和孩子的缘分无非就是：牵手，放手。

竟敢咬姐姐

“来，咬妈妈的手。”妈妈热情地招呼翰宝，翰宝瞥了我一眼，翻身离床。

时间倒回 7 年前，关宝蹒跚而来。妈妈亲昵地抱抱：“关关，把手手递给妈妈。”

关宝伸来小胖手，妈妈两组牙印排到手背上去。

“来，再给妈妈手手。”

关宝抓起妈妈的手送到妈妈嘴边，转身，一个冷漠的背影。

翰宝不忍心咬妈妈，无奈妈妈在身后苦追，盛情难却，咬出了妈妈一声惨叫，收了牙齿，又游荡到姐姐房间了。

姐姐正在写作业，察觉有人逼近，于是，左眼观察书本，右眼查看敌情，待翰宝看准什么，正要开始行动时，一个箭步冲到弟弟身边，怒目直视。

翰宝显然没料到姐姐来势汹汹，转眼被挤在窗台一角。没法脱身，翰宝自然不让，左右突围皆败，气急，眼前是姐姐推拦过来的手，拿起来便是一口。

这是翰宝第一次把 8 颗牙齿当作武器来捍卫自己的利益。

之前他抓扯姐姐头发，之后又咬人，姐姐明显受够了，咆哮着：“你竟然这样对你的姐姐！姐姐多爱你，你不知道？姐姐舍不得花钱却为你花钱买玩具！姐姐得的奖励给你换了贴纸！有一有二，没有再三再四，第三次，姐姐就好好惩罚你！”

姐姐一路指责着，咄咄逼人的气势把翰宝推到储藏室，妈妈、爸爸跟在身后，屏气凝神观战。

还好，翰宝主动示好，战火很快熄灭了。

晚饭前，妈妈和关宝下楼买菜，两位男士留守。

路上，妈妈忽然想起关宝的光荣历史，自然说起：“关宝，你知道吗？你曾经在医院院子里打过滚儿，在新年舞台上砸过场子，那时，你都会说话了。弟弟和那时的你一样，还不如你会表达，所以他会做一些没有办法预见结果的举动，这个时候，你应该像妈妈、爸爸包容你一样去包容他，因为我们都是亲人。”

关宝低头，不言不语。

有一篇文章《牵着蜗牛散步》。眼前这只小蜗牛已经陪妈妈散步多年，行动迟缓，妈妈也不止一次催促，抱怨，指责。现在她终于爬上了葡萄树，开始俯视另一只行动迟缓的小蜗牛。

可她仍是一只小蜗牛啊，你要怎么让她学会孔老夫子的“己所不欲，勿施于人”，学会换位思考？

春天，杨花飞舞，花絮被微风裹成一团团云朵散落在地上。关关踮起脚尖扑花絮，说：“可以把这些都攒起来，做一件小棉袄。”

路上有人捂着口罩经过。关宝奇怪，都快夏天了，还戴口罩？

妈妈告诉关宝，那些路人可能有鼻炎。这杨花絮，会让鼻炎复发。

过红绿灯，静观，行人匆匆，穿行在漫天乱舞的飞花里，一场春事将尽，赫赫夏日在望。

低头看，关宝左手紧紧掩着鼻子小心地躲过一簇杨花，同时右手也轻轻盖着弟弟的鼻翼。

琴声悠悠

见到的第一架琴，是在初中校园一个闲置的房间里。

路过，锈迹斑斑的锁被工人拦腰铰断，工人不见踪迹，只有那架木制的琴被残破的桌凳围观，生了时光的尘。

掀起盖子，一排琴键如整装待发的士兵，只不过生活困难，一些明显没有士气光泽，一些身形沉下去，矮了半截。

可对我来说，那架木琴仍然是个可爱的东西，指肚点响一个琴键，琴音风尘仆仆而来，不知上一次弹响它的是何人？是夜间还是清晨？

除了钢琴，没有哪一种乐器可以让我有仰慕之情，想接近。它可以稳妥地停在房间一隅，陪一个孤独者饮尽岁月的苦酒，流下热泪；它可以像一个骄傲的绅士站在舞台中央，四下灯光退去，一束光把它烘托而出。它变成了情绪的源头，主宰，时而低眉絮语，时而烈目狂澜。

何其有幸，可以引它为知己，何其有幸，可以随之悲喜。

现在，我也是一个幸运的妈妈，在一个周末倾听关关的弹奏。

关关在钢琴上任意挥洒心情，是一首《嘎达梅林》。

嘎达梅林深沉略带悲怆的故事从她的嘴里唱出还有些轻巧，她不知道近一个世纪前为了牧民还能在苍穹之下策马饮牛，嘎达梅林发动抗垦起义，最终被那多情英武的少帅张学良派兵围剿，悬颅示众。

适逢风雨如晦时，张学良背后的关外同样也是一片凄风苦雨，九一八事变，拓边军队不得不撤离，牧垦计划失败。

相同的历史，不同的民族，不同的感观角度。你说血色残阳，他言如火如荼，中外古今，莫过于此。

嘎达梅林庙前悠扬的颂歌被传唱至今，又被编者收在了一本书里，成为关宝即将演出的新年曲目。她天天练习，追求最饱满的演出效果。

个人的命运被投放在轰轰烈烈的历史里，那些感动挚诚又随着时间流逝而消蚀喑哑，但，一排琴键，几行琴谱，竟让坐在关关纤巧身形后的我，生出苍茫邈远之叹。

我的面前，关宝的右边，站立着与琴键齐高的翰宝，他看不到琴键，小手齐抬指，用力按下。他擅长在姐姐弹琴时捣乱，加些不和谐的声音，也会扶着凳子兴致勃勃地随节奏打拍子，踮脚，旋转。

钢琴也为他开了一扇认知的门，甩出一条美丽的纽带，让他和姐姐、妈妈一起分享这最好的时光。

琴声悠悠。

第二辑

童话世界

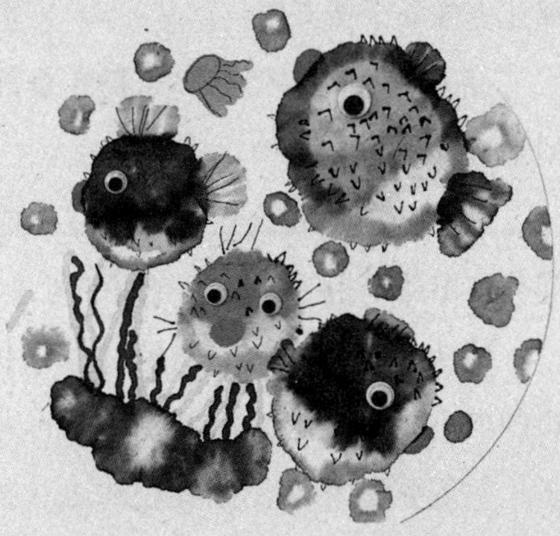

作画：翰宝

逛超市

爸爸上班，妈妈、关宝、翰宝在家。

关宝在书架前静静读书，“咔拉”“咚”，翰宝撅着屁股正把一个个玩具扔到沙发的缝隙里，听落地声。

妈妈看着窗外出神。周末的午后，楼下，闲散行人踱出小区，几个孩子互相追打进来。抬头，暖阳热烈，把几天阴积的冷空气烘烤得融洽，再远处是横卧的白云，热力公司的烟囱腾起大朵大朵白色的蒸汽，像云朵。无风，“云朵”大多淹留空中，最高处的已经和云层相接，这样看去，那儿更像一个造云工厂。

翰宝长舒一口气，终于扔完全部的小玩具，下一步，就等爸爸下班回来解决难题了。

两周前的感冒之后，翰宝就变成了一个宅男，每天忙于爬进这个房间，爬出那个柜子，对于外面的风景和空气，他已经生疏了吧。

回头，邀关关一起逛超市，看书久了，再寻些物质食粮。两个人拾掇好自己，又一起为翰宝穿衣服。先是关宝把弟弟诱骗来，再拦腰抱紧了，妈妈帮他穿衣。刚套在头上，被他一把扯下来，穿在脚上的袜子，又被随手揪掉，嗷嗷地抗议。

直到关门，楼道里的声控灯应声亮起，世界突然安静明朗。翰宝开始听电梯轿厢摩擦出的声响，看显示屏的数字缓缓变换。

超市的人不多，妈妈推的小车只够翰宝一人坐，还缩腿收脚。关宝似感同身受，建议换一个大点的车子，地方宽敞，会更舒服。翰宝很配合地换了坐骑。关宝接过车，从入口一路推进去了。

关宝个头刚刚过推车的高度，车轮不灵便，推起来费力，左摇右摆不听话。就这样，曲曲折折地前行，还带有些横冲直撞的无畏，姐弟两个，一个是气定神闲的将帅高高在上，一个是在背后运筹帷幄的军师紧推助力。妈妈跟在后面，随意挑挑选选。

很快，军师又做了负责的老师，超市变成了课堂。

“翰宝，这个长长的是黄瓜，绿色的，黄瓜。”

“瓜。”

“这个是洋葱，辣的，洋葱，不好吃。”

“吃。”

“这个是西红柿，姐姐最爱吃……”

“唉，唉，翰宝，你在干吗？姐姐给你说呢！”

翰宝不理姐姐的喋喋不休，扬起下巴出神。蔬菜上方一排镜子，镜子斜面，刚好映出两个小人儿的影像。两个小人儿镜中彼此对视，一个困惑，一个专注。很快，那个困惑的解了惑，表情闪退。那个专注的，又带着满肚子的疑问，被姐姐推走了。

“这是花椒，调料，妈妈做菜用的。”

“嗯，花。”

“这是面，能做面面给你吃。”

“饿。”

超市阿姨也在听关宝耐心地讲解，露出和妈妈一样的微笑，平时称斤添两的蔬菜仿佛终于确认了姓名，色美味香的水果明白了自己的使命。

谁都没有发现，翰宝手里抓了一枚小金橘，口水拉成细丝，和下巴持平。两只小手来回掂量滑溜溜的金橘。

非礼勿动。妈妈把那一枚金橘投回原处，接过小车，和关宝一起结账，出门。

外面风大，关宝为弟弟戴好帽子，又接过妈妈手里的袋子。

满载而归。

学叫爸爸

2012年2月，妈妈在写给关关的那篇日记里，记录下关关会说很多词，妈妈，爷爷，姥姥，羊羊……只是不会说爸爸。

爸爸很烦恼，除了自己每天喊关关“爸爸”外，还出重金托人情，请家人帮忙。

没想到，历史又重演了，翰宝词汇量一天天丰富起来，同样像姐姐一样不会叫爸爸。

“爸爸。”围栏里，翰宝玩得带劲儿，爸爸在沙发上教学。

翰宝抬头：“麻麻！”

“爸爸。”

“麻麻！”

“应该是时间不对，你这样，他紧张了，以为你要和他对句子。”妈妈建议。

晚饭后，爸爸创造一种宽松和洽的氛围，抱起翰宝举高高，落下来，翰宝成了一只胖雁，又看到了头顶的吊灯，脚下蹬蹬，把爸爸当成云梯蹿上去。

终于够到了，吊灯晃了晃，翰宝满足地咧嘴笑。

“爸爸。”爸爸抓住大好机会。

“麻麻！”言语里宣布主权般的不容置疑。

清醒时是这样，梦境里也许可以像鹦鹉学舌，学一两句也好吧。翰宝夜半醒来，爸爸凑近翰宝，耳语：“爸——爸——”

回复，不清不楚的：“麻麻。”

爸爸找来小帮手——关关。

“关宝，你要是能教会弟弟，爸爸直接给你500块钱。”

爸爸居然雇用童工，而且还是廉价雇佣。人民的生活水平越来越高，消费理念不断更新，消费水平也不断提高……原谅妈妈这一段凑字数。

重金之下，巾帼英雄担当重任。关关老师的教学看起来要比爸爸的更专业，从爆破音声母 b 直接跳到了开口元音韵母 ɑ。

关关在黑板上写一个大大的“b”，等着上课。

“弟弟，弟弟，你现在是学生啦，老师等你上课呢！”

学生外面游荡，习惯了“灯红酒绿”，不肯主动坐在那把小椅子上安心听讲。

两个助教把学生抓回来，安放到椅子上。

一名助教扶着学生，以防他从小椅子上掉下来，一名做课堂实录，保存教学硕果。一节课结束，耗费人力不说，效果更是寥寥。

课堂教学没有进展，只能流动教学，姐弟两个正玩得好，关关老师忽然两手掬起学生的小脸蛋儿，一本正经地对视，充满期待地说：“爸爸，叫爸爸。”

学生有点愣神，意识还没有从游戏里撤出来，呆望老师好几秒，想起了那个一直以来坚定不移的使命，回应：“麻麻！”

最后，老师又尝试了迁移法：“咦——粑粑，二宝，叫，粑粑！”

“麻麻！”

难为关宝了！

关宝是什么时候会叫爸爸的呢？2012 年 3 月 7 日，是在她 16 个月零 13 天的时候。翰宝刚刚 13 个月，爸爸未免太心急了吧。

慢慢等吧，等宝宝口齿伶俐时，做父母的反而会发现自己的词穷呢。

手足之亲

这是一幅什么画呢？两边的窗户透着外面橘色的天空，粗线条勾勒出棕色的窗棂。关宝把弟弟高高举起，弟弟的一小撮头发自然飞扬，关宝的头发向后甩起。这幅画捕捉的是关宝举起弟弟的一刹那的动作。只是在两个人瞪圆的眼睛、绯红的脸颊的旁边加了两个红色的夹子。

关宝说，因为那是和弟弟亲亲，所以变成了小鱼嘴巴。

头上的那颗心怎么配色？

弟弟的爱心是绿色的，关宝的是粉色的，两颗心变成一颗就是融合了两种颜色。

翰宝在我的怀里，我在看画，他也在看。关宝阐说清楚，我对这幅画赞不绝口的时候，他也弯出了小小的食指，轻轻点了点画里的姐姐："介介（姐姐），介介（姐姐）"，然后噘起小嘴巴，深深地吸出两边嘴角的沟痕，变作一只小雀的喙，张嘴，发出亲吻的声音，"哞啊，哞啊——"

他看懂了姐姐的画，是自己和姐姐在亲亲。

两个小人儿，还真有默契。而这样的默契，是朝夕的陪伴，心灵的互通，是可遇而不可求的。

那天，几个毕业的孩子来找我聊天儿，3 个落落大方的女孩儿在办公桌前排排坐，惹人喜爱。聊天儿才知，她们家里都有兄弟姐妹，其中的思佳也有一个弟弟，弟弟小时就是姐姐的跟屁虫，连过家家也热心参与，给姐姐增了好多苦恼。但是现在姐弟两个有共守的心事，连爸爸、妈妈也秘而不宣。我看着她聊起姐弟趣事时兴奋的小眼神，心里暗暗确信：辛苦是没有白费的，多一个亲人的幸福体验是任何捷径都无法得到的。

细想，我们哪一个人不曾想着过从容不迫的生活？按自己喜欢的路线一直前行，不会被冷漠尖刻的口令左右，不会因不期而至的变数而改变，可是，慢慢会发现，没有负重的生命是不切实际的，如同没有现实的远方是无桥的悬崖，没有热泪浇铸的诗句肤浅单薄。

人，生而必须承担使命，所谓的岁月静好、花团锦簇，也须负重前行，取幽暗冷淡做底色。

画里，关宝和翰宝的背景还有一颗更大的爱心，端端地陪在他们身边，静静地衬托着手足相亲。

小跟班

姐姐写作业，翰宝摇摇摆摆地爬过去。

到椅子前，扶站。向前走两步，抓住桌沿，桌面到他的鼻梁处，刚好能看到桌上全貌。

攫来一块橡皮，放嘴里啃啃，品不出什么味儿，沾了口水，推到姐姐旁边，又要抓起笔袋看看。

关宝早已经耐不住弟弟的干扰，拦腰抱他出去，关门。

妈妈在门外等翰宝败兴归来，给他安慰，翰宝看了看妈妈，又回头怅然若失地拍了几下门，扭扭屁股离开了。

换作是妈妈在房间，他是绝对不会这么善解人意的。他一定会全身贴靠在门上，哭出尖利的嘶鸣，直到把受众最后一道心理防线刺破。

姐姐的房间对翰宝有着说不出来的吸引力，有时门一开，翰宝会像刚出笼的猛兽从最西边的房间一路穿越各种防线，冲进去。

插座上的那个充电器，门后的考核表，桌上的笔袋，小吸尘器，还有桌子下面那 3 个收纳箱满满当当塞了那么多花花绿绿的东西，他扎猛子一样跃入，但常常是刚刚进去，就被姐姐拽出来，屡败屡战，屡战屡败。

最有吸引力的要数那块黑板，黑板架上放着磁力片、粉笔、拼音卡片、板擦，样样好玩儿。

某一天，妈妈为姐姐读书，翰宝在旁边戏耍。一本书读完，四顾寻找，不见翰宝的踪影，洗手间、厨房、门后、柜里，甚至开门到楼道里找，后来才循着窸窸窣窣的声响在黑板后面找到，他正玩得酣畅淋漓。

姐姐大喝一声，如女侠一跃而入，抓住那“小毛贼”，提将出来，在屁屁上“啪啪”打两下，却不见“小毛贼”有半点疼痛反应。

细细还原翰宝当时的心情，左右无人，正是阳光烂漫闲散时光，一切尽在掌控的大好时机，能旁若无人地痛玩，实是人生难得之机遇。于是，带着放飞的心情，任我行。

自那一次，姐姐房间的那道门封锁得更严实了，除非是和妈妈、爸爸一起进去翰宝才可以稍稍放肆，多数情况下，只拿姐姐的一个小夜灯来玩儿。

那小夜灯还是妈妈买给翰宝的，从盒子里拿出的那一刻，姐姐露出垂涎三尺的表情，我就连带盒子一起转送给姐姐了。

翰宝双手抢上去，拍几下，换几个色，再拍出几个色，长叹一口气，推开。

好像，小宝天生会觊觎大宝的财产，姐姐吃果冻，他不抢，坐等。最后，心甘情愿地守着姐姐吃完的那一堆空壳穷开心，颤抖的小手抓起来伸出小舌头一个一个舔，蜜蜂吸食一朵朵微型花蕊的耐心也不过如此吧。

姐姐呢，最喜欢做搬运工，从厨房把弟弟抱出来，从洗手间把弟弟抱出来，从书桌下把弟弟抱出来。

翰宝每每咯咯笑着佯装快逃，逃快了半路又坐下等，用尽心思地演戏，被姐姐抓到，背心皱起，露出圆鼓鼓的小肚腩，旁边爸爸忙不迭地提醒：肚脐露出来啦，要着凉啦。

也许，这就是当小跟班的乐趣。

最美

美，往往是确定的，有了确定的前提，再加一双善于发现的眼睛，美的意义便有了。

深坳里的一株花自由生长，被一个怜香惜玉的人看到：唉，可怜这朵奇葩，生在逼仄之处，孤芳自赏。

他没有想到，那花是静僻幽谷里最美的一抹色彩，正是自在自得的时候。

美的意义，有时是最自大的人类姑妄揣测、附会的。

天空有雁声掠过，雁影染过枯荷清塘，未留下一点痕迹，却被那个前夜醉在化不开的乡愁和饮不尽的苦酒里的人听到，这个刚刚清醒的人又多了几分愁绪，忖度，鸿雁传尺素，哪一只鸿雁会为自己寄来书信?

他忘了吗? 渴饮雪饥吞毡的苏武那只托书的鸿雁也是杜撰罢了，冬春迁徙是候鸟的习性，与思亲怀人又有何关系。

美是自然界按照时序规律自在展现的勃勃生机。一些人移情于物，一厢情愿罢了。

有雨落下来，你不要去改变它的轨迹，只要举一把伞，躲开你想躲的，在美中欣赏美；有风微微起，你解开发丝，缠住它的臂弯，让它带着飞舞，你只享受这一切美的赐予。

而人，往往并不仅仅止步于固有的自然前。也许是艳羡天上璀璨的星辰，震撼于乌云深处的惊雷声，于是古人制作了烟花。火药装筒，燃了引信，一束束烟花抽身离地，上升，上升，默然中忽然一声吼叫，展开最美的身姿，随之寂然，成灰。

这也许是最美的发明，焦黑色刺鼻的火药竟然能在夜空幻化得那般奇美绚丽。

农历腊月二十三，灶王爷上天向玉帝汇报工作，屋子的四面，亮起了那么多的烟花。欢愉的人们抬头共赏。

我的两个宝贝也在窗前静静地观看，同样虔诚的表情。

关宝，你可记得那一年除夕，在姥姥家过年，你爬上沙发，跨上扶手，小心翼翼地坐在窗台一角，抱膝，看一朵朵烟花升起，陨落？画面太美，妈妈抓拍下来，那张照片，以夜空为底色，一簇圆形的红色烟花下，是关宝微微抬起的小脸儿。

这么快，又有了弟弟陪在你身边，和你一起看烟花。

翰宝未谙世事，那些美丽的色彩也许在他看来，像见到的花草虫鸟一样自然。他以为，烟花是为他开放，就如围绕在他身边的亲人一般，只为他存在。

这，又是另一种美，不晓得烟花的名称，不探究它的价格，只是，牢牢地守着，静静地看着，纯粹地喜欢着。

这一次，这一幕，妈妈没有拍下照片，却被关宝画了下来。这幅画有一种安静的水乳交融的美。

某种乐趣

姥爷说起 50 年前过年的趣事。

那些年，过年很少放炮仗。姥爷找姥姥的六哥（妈妈的六舅）玩儿，六哥拿出一盒雷管，找片空地，摆弄好引线，点燃，躲远，炸响的声音，邻村都听得真真儿的。

威力有多大？前院的母猪和小猪绕圈狂奔了一天一夜。

姥爷说起来的时候，得意地笑。谁都有年少轻狂，但不是谁都有这样惊天动地的壮举吧。

妈妈童年时没有见过雷管，更谈不上玩儿。每天亲力亲为手工制作一些不起眼的小玩具。工期长，取材难而糙，极考验人的耐力。

做一个最简单的毽子需要铁圈片，现成的好料要去上学路过的拖电厂找，中间的窟窿眼太大不行，太小也不行。垫片太薄做出来的毽子轻飘飘，踢出去就飞不回来。所以苦苦弯腰搜寻，好几天才能找到三四片大小一样的铁圈片。再不济就找一大片金属片，用剪子剪下几片叠到一块儿用。

毽托儿有了，还得有毽羽。最好用公鸡毛，自妈妈会踢毽子，家里就没养过禽类，只能退而求其次，找塑料编织袋。

妈妈把编织袋的经纬一条条拆开，剪成段儿，一头儿塞进铁圈片窟窿眼里后，兴冲冲去找火源，等那头塑料点燃还未燃尽时，猛然翻手俯压在一个平面上。

铁圈片很快把热传导给手，烫，真烫，但还是要坚持，直到最后，熔化的塑料紧紧咬住铁圈片，一个毽子就做成了！

妈妈做过的毽子数不清，暴殄天物的一次，用几个老铜钱做，后来那毽子就不见踪影了。

多数时间，妈妈和小伙伴们更喜欢一片田野，双脚纵横奔跑到任何一个角落；喜欢一条小巷，我们会在小巷里玩到月色银晃晃；也喜欢一把小小的铁锹，一个蹲在铁锹头里，两手紧握住锹柄，另一个驴拉磨一样带着锹柄转圈，一圈一圈。

恍惚中，妈妈已经站在桌子旁，对着晚饭后的杯盏碗碟发愁。

“妈妈，你看我！”关关兴奋地喊。

“嗯，看到啦。”头也没回。

“你看，你看，我造了一个房子！”

“嗯？”妈妈回头，什么房子，只是半个快递盒子扣在屁股上，关关使劲儿缩着身体，要把自己都装进去。

“呀，好看。”妈妈继续敷衍。

都一年级的娃了，还这么幼稚哟。

翰宝在围栏里发出小猪般的嘶叫声，急切地跳，要出来掀起那个盒子，他最近喜欢玩躲猫猫。

羹汤的油腻慢慢被洗涤灵化解，外面有物体自由落地的声音，翰宝在围栏里，也没哭，没事。

桌面的狼藉慢慢清理干净，落座，休息。

“妈妈，你看，你看。”关宝得意地牵出一条长长的蓝色绳子，颇费力气。

绳子斜处，那个小箱子被慢慢拉了出来，箱子上，是啃着磁力片的翰宝，见妈妈，咧嘴笑，露出 8 颗整齐的小牙。

“呀，你怎么想到的？”妈妈惊喜。

箱子前面，系紧绳子的一头儿，绳结摞着绳结，连鞋带都不会系的关宝要系很久吧。从高高的围栏抱出弟弟，还得让他乖乖地坐上去不动，也太难了。

被大赞后的关宝，“嗨哟，嗨哟”，又把弟弟拉到别处去了，他们得意的神情像极了姥爷。

午后

妈妈生病了，翰宝还照例监视妈妈的一举一动。

他会像一个拦路虎一样忽然冲出来，到脚边，抬胳膊，要求抱抱。他会侧身躺下，皱着眉头，哼哼着要吃奶。

妈妈躺下，关宝也到床上赖着，伏在妈妈的腿上，没有读书，晒着下午的阳光，眯着眼睛，想事情。

翰宝咕嘟咕嘟的吞咽声，在这般安静的氛围里却显得那么有节奏，那么响亮。

“关宝。”妈妈轻唤了一声。

翰宝忽然停了一下，似乎在侧着耳朵听。

“嗯？”关宝懒洋洋地回应，睫毛动了动。

“你说，我们把二宝送人好不好？”这样的话，似乎是听谁说过的，是听一个阿姨或是叔叔逗关宝时说的，虽然当时妈妈觉得逗哄小孩儿不好，把握不好度会给她留下阴影，可是，又有这样的猎奇心理，想知道稳妥持重的关宝会怎么回应呢？

那次，关宝笑了笑，并不说话。

她也许听出了对方是开玩笑，不予理会，也许在想，送不送是妈妈的事，和她无关。

今天，妈妈说完，关宝没有回答。她伸了个大懒腰，两只小手合十叠枕在右耳下，微闭着小眼睛。

她在想，又在试探我，又在开玩笑。

妈妈不甘被冷落，又沿着前面的蓄势，继续推进话题。

“这段时间妈妈很累，照顾二宝太辛苦，都生病了，妈妈想好好休息一下，刚好有个阿姨也喜欢小弟弟，妈妈想把二宝送到她那儿，有时间，你也可以去看他，你们还能见面。”

翰宝吃奶的速度明显慢下来，这些重大内容可和他无关，他只是要睡着了。

“不能！这是我的弟弟！他是我的！”关宝翻起身，压低哭腔，紧抱弟弟的腿。

翰宝眨了几下蒙眬半睁的眼，又敌不过困意，睡着了。

“你累的时候，就把他交给我照顾，我来负责。”关宝像一个堪能担当重任的宰辅。

妈妈已经后悔了。

和关宝开了一个多可怕的玩笑，就是为了让一个安静的午后生点波澜，为满足一下小小的不怀好意的好奇心。这两个小宝贝，已经结下了深厚的友谊了。

妈妈笑了笑，满足地挨着翰宝睡着了。

隐约中，关宝又在悄悄挠翰宝的小脚丫了，翰宝抖抖小脚，关宝哧哧地笑。

一束光的快乐

朝暾，挪到家里，餐厅柜子旁加了一束光。光是从洗手间门嵌的玻璃漏进来的，洗手间的门开得小一些，角度平面化，那束光就宽一些，门开得大一些，角度转向，那束光又缩窄了。

静寂早晨，爸爸、妈妈和关关在吃早饭，弟弟在桌子下面玩儿。他的个子明显长高了，过去，可以在桌子下面穿梭自如，现在站起来，头碰到桌底砰砰响，搭配桌上 3 人的聊天儿，很热闹。

虽然他撞得头疼，但这并不妨碍好心情。他在姐姐脚下徘徊，对姐姐吃饭漏下的米粒饭渣极有兴趣，和妈妈、爸爸抢着捡拾，得手的，喂进嘴巴；忽地又从桌布下探出头，桌布盖住他短短的发，露出一双骨碌碌转的眼睛，要抱抱；他喜欢把豆腐块碾磨成更小的豆腐碎渣涂在餐布上、地上、衣服上，让妈妈清理起来更费力，一切小麻烦，他都擅长制作加工。最后，终于从桌下爬了出来，直行，往书架方向，再到那里翻拣翻拣姐姐的书玩吧。

半路，遇到那束光，站定了，怔了怔，用力高高抬右腿，认真地迈了过去。那束光贴在腿上，只一晃，又闪回云纹瓷砖上，恢复了原形，妈妈看到，不由得笑。

翰宝忘掉了去找书架，而是屈膝蹲下，凑近，观察那光，伸出小手想要捡起，光影伶俐，没成功。站起来，再回跨，如此多次，他便来回闪身在那片光里，和光影玩不存在的障碍游戏，嘎嘎嘎地笑，他笑影子畏畏缩缩，影子笑他笨手笨脚。

“奇怪，怎么那么开心，没什么好玩儿的嘛。”身边的姐姐，看着翰宝。

静动各异，快乐亦有差别。

姐姐的快乐是小时候学会骑车，爸爸慢慢松开双手后，她在空旷的体育场旁若无人地冲刺；是和她的小闺蜜在冰雪刚刚消融的草地种下一粒种子，培土浇水；是下课铃响，冲出教室的那一刹那，释放课堂的学业压力。这些需要一个刻意制造的场景，一个可以放飞自我的伙伴，一个长长的平淡的铺垫和忽然而至的惊喜。

妈妈的快乐，是什么？

好像因为一直都没有很悲伤的时候，所以快乐也不是那么突出，那么清楚了。春天的第一朵花开保存到手机里，转眼，又去叹息流年游走，时光不居；一场欢宴相聚畅叙幽情，将散，一个个起身道别；身旁的两个宝贝慢慢长大懂事，又看到姥姥的白发密密匝匝，快乐里总是隐隐约约地游离着些真切的伤感，这种伤感是经了现时的尘埃，一层层压在心里，有了分量。

在这个过程里，妈妈感知快乐的能力越来越钝化，创造快乐的本事，也远不及两个宝贝。

吃过早饭，那束光还在，关宝去追弟弟，她觊觎那束光也好久了。

牙牙学语

待春天彻底回暖，叶片舒展了，有一天，关关走到树下，抬头问："妈妈，什么叫枝繁叶茂呀？"

关关的语言很美，她能在春天里发现第一朵开放的杏花，能发现花瓣落尽后生出的第一片蜷曲的绿叶。

比起姐姐的好口才，翰宝的语言，是世界上最难翻译的"婴语"了，不对，他已经16个月了，已经是一个幼儿了。

16个月刚刚学会走路的翰宝，说话总是"嘟——"字开头，小嘴一噘，后面挨过来一串感叹词。他用同样的词汇语句，迎接爸爸、妈妈下班，姐姐放学；他用同样的词汇语句，表达重聚的欢愉和分别的不舍。

这样的词汇语句还可表示：得逞、生气、内心的向往、意外的发现……无论道出的那句话有多长，最后的一个字都是"哒"。"哒"字沉下去，拉长音，嘴巴张成规规矩矩的椭圆形，小脸儿因发力失度，涨成绯红色，仿佛内心所有意思已经表达得淋漓尽致了，才自满自足地收了尾音。

之前喊"爸爸妈妈"还算响亮，但是，最近也凌乱了。一家人用餐，他从桌下钻出来，"爸爸妈妈"挨着叫，一派春光融融。

“爸爸！”他又忽然看向妈妈，改了口，表情揶揄，满堂哄笑，翰宝懂得开玩笑了。

姐姐点评，我的弟弟还挺好玩儿的。

还有更好玩儿的，翰宝爱学动物的叫声，小狗汪汪，小猫喵喵，小鸭嘎嘎，小猪哼哼，老虎一类的猛兽都是嗷呜。

妈妈戴的小猪首饰，他攥紧，嗷呜嗷呜配音。

和姥爷出去玩耍，某建筑门口立两只石狮子，他迅捷从前行过，发出低沉而威严的嗷呜嗷呜声。

回家走楼道，他又哼哼哼。姥爷四下望，邻居房门紧闭，楼道空空荡荡，哪儿来的猪，姥爷又捺不住好奇，放下翰宝去找，翰宝颠儿颠儿跑到一户门口，小手一指，真是一头小猪，赫然稳踞春联的一角，就等翰宝来发现。

可笑，每天，翰宝负责念念有词，姥爷要把翰宝走过的地方清点得清清楚楚。

可叹，那么小的一双眼睛，要把眼前的全部都摄入心胸，索词，表达。

那天，送关关上学，姐弟两个说再见，翰宝情绪激动，“嘟”字打头，一句话跌宕出一泻千里的气势，我们没听懂，只是看着他激动的红脸蛋儿。关关不管，亦是“嘟”字打头，给出一长串的作答。两人一唱一和，情真意切，有不舍，有嘱托，还有彼此的殷殷希冀。

未成形的言语，其式也拙，其文也简，却是风过林间，真趣也；已达意的言语，仰摄天籁，俯数四时，塘月荷香，会意也。

浓浓淡淡，真真切切，这，许是小儿言语的奇妙之处。

单字王

18个月是翰宝的多语期，虽语焉不详，但听力已经了得。

翰宝几岁？

伸出一根手指："1。"

下床前，简单配词："下。"

出溜下去，言一声："爸。"

抓手："门。"就要一同出门了。

翰宝出门遛弯儿，还喜欢摩挲那些车牌号，指认：8，8，8。所有的数字都是8。

数数字还是不太好，一对一亲子教学，你若言1，他言3；你言3，他跟3；你言4，他必跟5；你接7，他的8，9，10就补齐了。

翰宝说的多数是单音节词，词虽简约，但意义豪华，指令明确，像极老式的电报文，惜字如金。又有一派魏晋名士之风，把玄之又玄，深之又深，凝作一二词汇，与你说了，让你猜测，让你恍悟。能有这样的成绩，也是爸爸的功劳。

旋开关玩儿，播放器音量不小心被翰宝调到最低，本人又不知道为什么失了音，刚刚跳了一半的舞戛然而止，好没意趣。他探头卧室外，爸爸在，遂拉爸爸的手起来，“噫唏唏，噫唏唏”地吵。

爸爸故作不知：“你要干吗？拉爸爸干吗？”

“噫唏唏——噫唏唏——”翰宝伸指头，指向播放器的方向。

“要干吗？”爸爸在逼着小朋友说话。

“噫唏唏——”翰宝小脸憋得通红，带出哭腔，继续指着示意。

“你说话，是不是让爸爸帮你打开播放器？”

“噫唏唏——”

“是不是？”好耐心地问。

“噫唏唏——”好耐心地重复！

“说，是还是不是？”

翰宝收回哭腔，站好迈出的小短腿，看着爸爸，张张嘴，又郑重其事地调整了一下口形，夸张地伸展双唇，可怜巴巴地拉长音：“是——”

爸爸几乎雀跃了。

自此，翰宝总要做选择题：

“翰宝，对不对？”

“对——”

“翰宝，好不好？”

“好——”

“翰宝，要不要？”

“要——”

姐姐的假期来了，除了作业，除了读书，姐姐把为翰宝读书也纳入日程。认物的书：皮球，翰宝抬起脚丫啊啊啊踢到；面条，啊呜，张大嘴巴，翰宝一张大嘴凑上去；面包，翰宝指指：“包！”

“妈妈，弟弟认识面包，他说包！”姐姐瞬间觉得，此弟可教。

“来，跟姐姐说，面包，这是面包！”

“包！”

“面包。”

“包！”

教的就是一个面包嘛，那一个字被吃掉了呗，妈妈看着好笑，继续旁观，看姐姐抓耳挠腮，心急摇头。

“二宝，你看着姐姐。姐姐问你啊，面不面？”选择题上架。

“面——”

“包不包？”

“包——”奇怪，翰宝每次做选择题都有一种被催眠后所答非所知的效果。

“来说，面——包——”

“噫唏唏——”

教词还可以这样？虽结果不太完满，但妈妈觉得甚是眼界大开，想起汉朝便已形成的反切注音法，不也是类似的原理？这是需要多大耐心才能坚持完善的一种方法？

“唉——”姐姐长叹一口气，翻下一页。

“翰宝，你和这个名字一样。汉堡，这是汉堡！”姐姐一脸坏笑，做出要吃的样子。

弟弟呆住了，这个单字王理解了，汉堡，翰宝，这个，如何下口呢？

童话世界

童年的故事里藏着两只乌鸦，一只很聪慧，一只极笨。

那只聪明的，不知什么原因，流落到窘迫的境地，竟找不到一口水喝。后来终于发现了半瓶水，瓶颈窄，嘴巴伸不进去。衔来石子一颗一颗投进去，水位上升，喝到了。

那只笨的生活比较优渥，有大块肉吃，树上享用美食的空当，听信了花言巧语，展开歌喉，肉被树下的狐狸骗去了。

妈妈讲这两个故事，是为了告诉关宝：运用自己的智慧很重要，不能听信坏人的花言巧语。

翰宝穿着耀眼的红衣服在超市门口，大脸蛋儿搁在爸爸的肩上。太阳晃眼，他正微微眯起小眼睛，看旁边超市老板在一个蓝色塑料盖子上演示陀螺。另一个陀螺样品已经抓在翰宝的手里了，胜券在握。

那个陀螺被老板上了黑色的发条“啰啰啰”地转，翰宝更加确信手里的这个是好东西。

眼见着已经割舍不下了，老板很大方：“没事，让他玩儿。”

眼见着姐姐要放学了，没有办法，付钱，走人。

在有两个宝贝的家里，一个玩具的命运注定是颠沛流离的。

玩具在翰宝手里，姐姐先礼："把玩具给姐姐玩玩。"

翰宝转头不理。

姐姐后兵，抢下。

翰宝用夸张的哭腔又要回，盯着姐姐，随时戒备。

"来，和姐姐做游戏，小手小手拍拍，小手小手摆摆，小手小手藏起来……"

翰宝放下陀螺，露出上下 8 颗小牙，拍拍手，摆摆手。玩具瞬时被姐姐夺去，藏起来，动作一气呵成。

配合完成了游戏动作的翰宝志得意满，低头去寻，却寻不见那陀螺，顿足号啕，悔之晚矣。

那只掉了肉的乌鸦最熟悉此种心情，那只叼了肉去的小狐狸心里也是姐姐这般得意吧，看了好戏，得了所爱。

童话的创作者大抵有一颗童心，把观物的角度放低，仰望这个真真切切的世界。花有花言，鸟有鸟语。猴子爱惜月亮，小马不敢过河，兽类从大草原上奔跑而来，与河狸鹳鸟斗智斗勇，小羊翻越栅栏到山上喝水，还要陪有耐心的大灰狼聊天儿，回忆宗亲。

我则从两个宝贝的日常里，看到了那书里的童话寓言。

来只蜗牛吧

中午，雨。

带伞接关关放学，看她出了校门，还是原来的路线，只是不像往常和小伙伴儿同行。低着头，掬着手掌，不管不顾。

关关手里是老师给的小奖品吧。前几天，关宝用攒了一个月的小贴纸换得了一个“抓不住”。那个“抓不住”，里面装满液体和亮晶晶的星点，塑料膜包起来，滑滑溜溜，果然难抓。只是，关宝得来后拿到教室，参观者颇多，前拥后挤下，“抓不住”居然变成了“挤得破”。

这次又是什么，凑过去看，黑乎乎的壳，在手心上静止不动，是只蜗牛呀。

这是关宝抓到的第二只蜗牛，第一只是只顶小的，也是被她小心翼翼地端出来，垫了三四片大小不一的树叶，从校园到面馆儿，又从面馆儿回家，过了马路低头一看，蜗牛丢下那树叶，随风飞了。关宝顿足，也无法了。车来车往，迅疾驰骋，小蜗牛在车流里只能自救了。

连连阴雨，江南一般的小城。连绵的雨，让蘑菇生了不少，路上新绿的草丛里，一朵朵白白伞盖悄然张开，很像童话故事里的插画。蘑菇和蜗牛配，所以蜗牛也活跃起来，尤其是在关宝的校园里。老鹰抓小鸡不玩了，抓人的游戏也不顾了，一下课，小朋友三五成群，邀约一起去抓蜗牛。

小花园不止一个，进门最大的那一个里面据说有蛇，某个胆壮的小男孩儿怀揣怦怦乱跳的心踩进去，周围是一圈围观的叽叽喳喳的女孩儿。

男孩儿踮脚绕行一圈，很快跳出，挺起小胸脯，仿若凯旋的英雄，向那些观众宣布："我说没有蛇，安全，安全。"

女孩儿叽叽喳喳了一会儿，还是散去，没碰到而已，危险还是危险。

另外的几处园子，操场边的，教学楼前的，都是抓蜗牛的好去处。午饭时，关宝再现画面，如数家珍。妈妈听来，艳羡不已，恨不能亲去。

"挤得破"是老师的奖励，蜗牛是大自然的礼物，小精灵们弯腰在雨中摸排、寻觅那些点缀在草地、林间的猎物，他们心无旁骛，行无挂碍，便是天地间最美的存在。

想象，树叶被校园里下课的喧嚣吵得哗啦啦舞动，俯身，看那小花伞下刚刚游弋于知识海洋里执着的小人儿又来亲近自然。小手拨开湿漉漉的草叶，草尖的一珠雨花轻灵灵滑到草根处，常常是，一处的蜗牛刚刚到聚餐地，就被一双小眼睛瞅到，广而告之，几分钟不到，争之分之。

上课音乐响起，受人摆布的蜗牛又昏昏然被转移到下一节的课堂，来一节音乐课吧，只是门窗外黄鹂已没有嘲笑的对象，主角蜗牛缓缓地从一张课桌爬到另一张课桌，又被一只小手擒住，放回自家领地。从此之后，它便是有主之蜗牛，身不由己了。

眼下，这只大个儿蜗牛稳稳地盘踞在叶子中心，叶子很美，应是关宝精心挑选的，两片大的椭圆形，两片小的心形，叠放错落，蜗牛吸盘固持一叶，跟着关宝回家。

翰宝也对蜗牛很感兴趣，滴答着口水隔着盒子观望，盒子刚在他手里做了 n 个 360 度旋转，蜗牛也做了多个碰壁运动，表示很累。

妈妈和关宝商量，听说蜗牛肉甚美味，油炸可以，蒸来也不错，养大点就能给翰宝做一餐肉了。

关宝瞪眼，情急之下，竟回了一句：“这只蜗牛喷农药了！”

这个理由真是好。

作画：关关

蚊子来啦，快跑！

关宝狠狠地警告那只看不见的蚊子：“臭蚊子，别让我找到你，找到你，我就把你拍成照片！”

只是一会儿工夫，关宝身上增了好多个包，分布均匀。那只蚊子，不喜欢墨守一处，这可害苦了关宝。一早，她就像只从短芥草堆跳出的小猢狲，受不了痒，上挠挠，下抠抠。

威胁了蚊子一通后，关宝马上逃之夭夭，取一本书到台灯下读。已是夜里 11 点了，爸爸、妈妈还有工作要加班。翰宝睡熟，说几回梦呓了。

一本书看完，睡意侵袭，关宝又不敢回根据地，正进退两难。

“关宝，你去爸爸房间睡，爸爸睡你的小床，爸爸不怕蚊子。”

不知是谁，常常夜半时分，被蚊子逐出卧室，躲到客厅睡沙发。更过分的是，逃逸太狼狈，每每城门大开，害得蚊子到处乱飞，贻害他人。

果然，关宝没听爸爸的话，一步一步，挪到翰宝的床上去了。妈妈没有跟进。翰宝睡觉，黄色双层棉布小被子从不离身，仿若护身符一般，从来都是占据床的中心位置，呈“大”字形。妈妈若睡，还要轻轻抱起他，挪出空间。关关进去，抱也抱不动，要给自己怎么定位？

听关关窸窸窣窣地展开被子，耳语声，关宝似乎是轻轻唠叨了弟弟，弟弟没回应，两个宝宝安静了。

赶完稿子，关宝已经睡熟，翰宝翻滚到姐姐怀里，枕着姐姐的腿当枕头。窗帘还绾着，月光温柔漫浸房间里，两个小宝贝睡得正香，有没有在做同一个梦？

半夜，翰宝几次翻来覆去，像个小磨盘，暗色的光线里，他爬起来，摔到姐姐的肚子上去睡，一次还枕到姐姐的头上，妈妈怕姐姐反击，还好，她又抱着弟弟睡了。

早晨，起床，姐弟两个还在赖床。早餐中间，听到翰宝的响动，隔着门缝看，翰宝躺在床上看窗外，想事情。想完回头，竟发现了姐姐，呆呆地看了很久，溜下床，开门，和窥伺的妈妈撞了满怀。

“唏噫噫——”他指指姐姐。

“姐姐怎么在这儿啊？昨天姐姐的房间有蚊子。”

“唏噫噫——”他指指腿上蚊子叮的包。

“蚊子是一种坏昆虫，会伤害我们的身体。”

“唏噫噫——”

“是呀，姐姐也该起床了。没有蚊子的侵扰，姐姐睡了个好觉吧。”

“才没有，二宝一会儿睡在我的头上，一会儿睡在我的肚子上，哎呀，一点都没睡好。”关关一头乱发，略带懊恼。

“原来你知道，居然好脾气，没发飙。那只蚊子一定还在等你，最近，你就陪我们睡吧。”

关宝不说话，她在权衡，蚊子和翰宝，哪个更让人头疼呢。

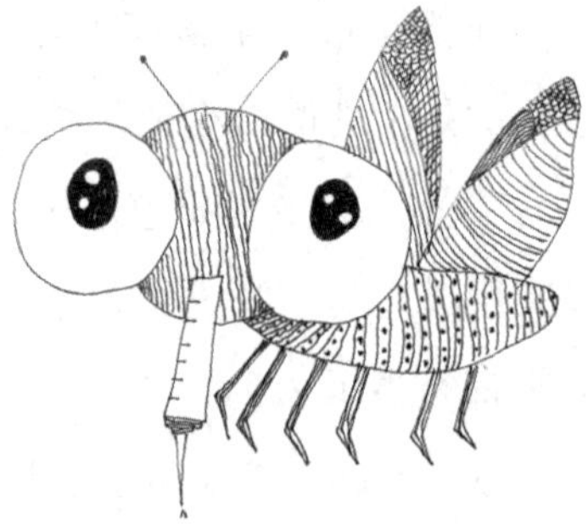

作画：关关

夜里的笛声

半个月前，楼上就似有笛声。

夏夜静好，翰宝睡意渐起，缠着吃奶的时候，笛声幽幽响起，气息进入吹孔，鼓起竹制的笛膜，在笛身穿行鼓荡，阻塞了，退后，再不偏不倚落到吹奏者心目中的那份词谱。

不似羌笛一曲引征人牵肠挂肚之思、之怨；没有散入春风满洛城的声势浩大，入情、入心。择的曲子非古风，还有些是影视插曲。

笛声里，有《红高粱》连续剧的主题曲，韩红原唱，原配乐宏大震撼，要为韩红穿云裂石的声音蓄势，或是为女主角的人格涂抹一些阳刚之气和深重的命运感。

这笛声却不同，正是期盼着爱，涌动着单纯，多情的九儿的少女时光。

翰宝的睡意被入耳的笛声涤荡无踪，黑暗中，他爬起身，伸长脖颈到处寻找，外面钢琴旁空无一人，姐姐早已洗漱完毕睡觉了，目光所及是同这身边一般的夜。

翰宝喜欢优美的旋律，曲子的节奏铿锵，他站起来，随着节奏摇来摇去，每每家人要求跳舞，他从不拒绝。

关宝也一样，尽职尽责的杨老师常夸她聪慧，脑子里自带节拍器，听首儿歌也能辨识出拍子。

姐弟两个常打开播放器，姐姐抱着弟弟随节拍舞蹈，旋转，他们捕捉自然的声响，自在地扭来扭去，妈妈着实羡慕这心无城府天地宽。

妈妈对音乐不敏感，听过的纯音乐不多，能识记的更寥寥无几。只觉得，钢琴是真情的告白，吉他是浪子的不羁，古筝是精致的灵犀，箫声是孤独的隐者。偶尔喜欢一首歌，也是对词的钟爱胜于旋律。

秋雨过，秋风飒飒，穿着短外套已觉凉意，下楼又返家，和关关各加了一件薄外套，翰宝是男子汉，经一些风雨也是好的。

楼下闲聊的老人不见了。聊了一个夏天，常说孙儿憨蛮可喜，牵挂儿女工作日常，阴晴天气的寒暄，养生秘诀的共享；聊不够，回家再加一些作料，熬制前半生的回忆，讲给后半生的自己。

前面仿佛笛声飘来，想起晚上听到的那笛声，匆匆去找，却见着一身深蓝运动服的老人，坐在台阶最高处吹笛，抬高的头，偏向一侧，微闭双眼，身形随旋律自然地舞动。

他握的却不像是一支笛。乐器的样子很特别，扔在地上也是一根粗朴寻常的竹竿儿。那是他用买来的一根竹子，切成数段，精心挑选，用了多少个日夜加工而成的。凹凸不平处是原有的竹疤，错落分布的笛孔大小一致。寻常短笛 6 孔多见，他推敲，试验，多加了两孔，且不需覆笛膜，是自己专利改造，介绍的话语间都是自豪。

“其实，”他转折，“这个不是我最拿手的，我最厉害的是跳舞。”

嗯，当然见过摇摇摆摆点缀在少妇、大娘中的男士们，随着旋律做水草状，柔美招摇不亚于女士。

“我擅长的是蒙古舞，就是膝盖最近不行了，这几天不跳了。”

回头，翰宝已经四处找车上的车牌辨认数字去了，我追过去，抱起他，不得不结束对话。关宝过去说再见，并且说：“爷爷，您吹的曲子真是太好听了。”

“好听？真的好听？”他赧然而喜，又把那小乐管横在嘴上，是一首不知名却动听的曲子。细听，耳边的这曲子，略显沙哑，一刀成就一音，气息沿着刻出的沟壑、不平处流转顿挫，从不同的笛孔里穿出，组合一处，成了世上独一无二的音质，历经沧桑，更显饱满厚重，正是凡世尘俗里人生的真实品味。

人生境遇，多如这笛。

多少人喜欢青丝垂在雪样的腮旁，爱慕眉宇清朗气锐凌云，可宠命优渥时难免不知何谓疾苦，容易无病呻吟，坐拥华年时常常挥霍虚度，不知所往。

内心的喜悦和灵魂的充盈从来和年龄相貌无直接关系，还是需要时光去雕刻、打磨，一件件事情才拿捏得扎实稳重。

我又喜这老人晚年笃持的爱好，千帆过尽，人事寥寥，坦然赴行流霞沉醉处，沧海巫山已无区别，虽多了一些落寞的况味，却不用马不停蹄，不必仰人鼻息。

老有所好，寂静的晚年也处处美景，时时佳境。似一傲伟的身影乘排筏从夹岸的湖光里来，一篙，一蓑，一人，就演尽了一生的丰采。

当如是。

而能听到这笛声的我们，真是有耳福。

观虫记

我与虫子，是两不相干的，路上迎头撞见，我要避它，落到衣袖上，我要甩它，若是在脚下，我也断然不敢踩它。这件事，不比喂养一只流浪猫，我所做的与道德无关，只是害怕多于善念。

可是，是谁说的，孩子面前，家长就是表率，只有收起所有的抱怨和恐惧，孩子才会坚强。否则会把你内心暗黑的一面传染给孩子，给她们幼小的心灵蒙一层永久的阴影。

出单元门，到小区门口，抄一条近路，路窄不平，还要低头慢走。抬头，树杈交织在头顶，有时小路上会空降几只绿色“伞兵”，摇摇晃晃地在小路上没头没绪地踱着，小心翼翼。

妈妈亦小心翼翼，跨过它们，绕过它们，再怯生生地回顾它们。可和关宝一起，就不可以了，毛毛虫就在路上拦道静候，等一会儿，也不见它有任何动静。

关关看看虫子，又抬头看看妈妈，低下头，抬起脚就要踩上去。

“不能！”妈妈及时阻止。

“为什么，它们是害虫。”关宝困惑。

她有一本书，里面罗列密密麻麻的昆虫。其中一页，蝴蝶、飞蛾的幼虫混在一起排队，不同的触角，不同的身形，决定了它们是蛾还是蝶。蝶可以帮忙传播花粉，但是它的幼虫是害虫。

关关是在除害虫。可是妈妈实在受不了虫子横尸的场面。

“可它们并没有伤害你，它们只是在散步啊。”妈妈故意蹲下身子，闪出怜爱的眼神，装作饶有兴趣地看着那虫子。

果然，关关也蹲下身子和妈妈一起观察。看那虫子很卖力地匍匐爬行，黝黑的身体长满短直而纤细的刺毛，天知道妈妈浑身上下有多么不自在！终于，一场近距离的“生物观察课”结束了。

路上，妈妈自然又和关关谈起了“破茧成蝶”的挣扎和勇气。

自那以后，每每从那路上走过，关关都要刻意地寻找观察毛毛虫，在意而怜惜它们，甚至还要猜测它们的行踪。

路边等车，见几只小小的毛毛虫顺着身边的路灯杆爬行，确定那是虫子后，妈妈就走开一步不想看了。关关一只只看过来，夸其中一只聪明，躲在阳光照不到的地方，数落另一只笨，在杆上翻什么跟头，又奇怪地上的两只背道而行，不知意欲何为。看了许久，她认定那是属于松毛虫家族的……

哎呀，这个家族真是人丁兴旺，可喜可贺啊！

终于等来车，等来她和毛毛虫说再见。

“这些虫子会被晒死的，它们爬的是一个路灯杆，而它们以为它是一棵树。”关关猜测。

“幸亏不是一棵树。如果世界上的毛毛虫都死了，树就幸福了。”妈妈自语。

“虫子也很可怜，而且它们都死了，鸟儿就没有东西可以吃了，很多都会饿死。鸟儿饿死了，森林里还有其他害虫啊，森林就毁了。”关宝似乎想得更多。

忽然意识到自己的简单和狭隘，妈妈看到的只是树和虫。关宝看到的不仅有虫子，还有虫子背后的鸟儿，鸟儿依靠的森林。自然界任何的存在都是丝丝入扣的联系、环环相牵的依存，这一点妈妈竟不如关关看得明白。

那么，在这件事上，妈妈以一个成人的身份再得出一些感悟吧：

成人所沾沾自喜的经验多是教条。

所谓不惑，还不是困惑更多？所谓不欲，谁又能在人影穿行的闹世舍得？所谓不惧，既然有所需，必有所惧。

有时，我们像那只小虫，弓身行走，小心翼翼，寻找梦想中的那片绿叶，攀爬那么久，结果，错了方向。

生命的意义，便是破茧成蝶。

作画：翰宝

抢吗？抢了！

姥姥摇着头，看着关关，加了些许责备地说："就知道和弟弟抢东西。"

妈妈低下头，想象姥姥和姥爷刚刚描述的画面，不由得笑起来。

中午吃臊子面，姥姥去超市买豆腐，又要把两个小尾巴带上。一个假期，这两条小尾巴已经是形影不离了。

"关宝，关宝，姐姐，姐姐。"顶小的出去前，总要到处寻找另一个。

"哎——姐姐来啦。"手拉手，喜气洋洋，赶集一般。

带着两条小尾巴出门，姥姥很紧张，过马路时如临大敌。一边一个，怕翰宝突发奇想冲出去，紧紧攥着。

进了超市，两个小朋友马上成了散兵游勇，一个从货架上的食品里找出价格适中、多日不尝、妈妈不愿意给买的垃圾食品；另一个低头觅路，心不在焉，漫无目的地指指点点。终于会聚到一起，拿着豆腐和薯片，结账。

回家路上，关宝已经把薯片分配好了，弟弟薄薄一片，剩下的供自己大快朵颐。

许是久不吃薯片，关宝咔哧咔哧就吃完了，像那猪八戒吃人参果，恍然间，舌间似乎有点动人滋味，可又不十分确切。

瞥见弟弟指间的一片薯片几乎完好，不商量，直接拿来，咔呲吃掉。

翰宝明显慢了好几拍。第一拍，没有发现姐姐骨碌碌转动的双眼透露出的小心思；第二拍，没在姐姐出手时及时躲避；第三拍，姐姐将薯片送进嘴之前，没有做最后的抗议，以获得姥姥的声援；第四拍，低头，发现一整片几乎没了，仅存的藏在了拇指和食指间，已变成小碎渣。

他对比了，明白了，凌乱了，一路哭着回了家。

关宝又抢弟弟的东西！

姐弟两个似乎是在演绎两种人生处境：一种，不哀叹现实的窘迫。坚定，果敢，为唯一之目标而奋斗，定会有所收获；另一种，当你握紧手，手里只有一片薯片，当你张开手，薯片虽然没了，但你却拥有了整个世界。

妈妈曾经幻想，两个宝宝在初见时就心有灵犀，可以相互扶持，常常相互谦让，事实上，又怎么可能。

翰宝长到步履自由的时候，关宝就及时划分领地，除了她的房间，其他地方，是她和弟弟的公用领地。

弟弟正常走入姐姐房间是不被允许的，试试偷进和干脆硬闯，都碰了壁，慢慢才懂得规矩，不再奢望。

该劝关宝分享吗？该语重心长地说，要照顾弟弟，弟弟小，要让着弟弟吗？也许，不必。

读丰子恺的文字，记录他的儿女。丰子恺外出归家，带回 3 块儿巧克力，一一分配完，几天后，隔窗看到长女宝儿把舍不得吃掉的巧克力分给弟弟妹妹，一时欣慰，又觉心疼。宝儿开始照顾别人的境遇所需，懂事了，只可惜，同时背负了成人的包袱，对自己，少了一些看重和关照。

妈妈也听过杨老师说起关宝，关宝上课表现好，得了一些贴纸，去和杨老师兑换小奖品，10 分钟的课间都要结束了，关宝像是挑花了眼，迟迟不选。

杨老师问，为什么还选不出？关宝说，要为弟弟挑选一个喜欢的。说完，杨老师感慨，我听后，竟心疼多过欣慰。

所以，有时，关宝那点小私心，是天真，是无拘无束。

喜欢，就要，更喜欢，就紧紧握在手里，谁都不给。这是独立的人格，独立的思想，不想会不会给谁添麻烦，不想会不会惹谁不高兴。

晚上 7 点 20 分，路上一派繁忙景象，绿灯，穿越人行道，翰宝在中间，妈妈和关宝牵着他的手。他不时地低头、弯腰、前倾，像只小雏鹰玩俯冲，几乎要摔倒了，我和关宝只能紧紧抓着他的手，一旦一边松开，他就得和大地撞个满怀。

妈妈没有对关宝千叮万嘱，不要松手。关宝一路提醒，陪弟弟走走停停，跌跌撞撞前行，好开心。

就这样吧，漫漫人生路，真正能随心所欲的时间，毕竟太短暂。

别压抑，别因为别人的眼光，长成了另外一个自己。

既望之望

中秋节前，白露那天，微雨开始，及至瓢泼，雨下了近一周，直到中秋节终于收了汹汹之势。然而，已凉意习习，出门，3 人穿半袖半腿裤上阵，抖抖索索地败退。

关关和翰宝陪妈妈买菜，关关极尽口才说服妈妈加购一些零食，得胜。

结账出门，阳光下，两个宝宝竟不约而同地在台阶上排排坐，一起分享那袋番茄味的空心薯条。

说是一起分享，不如说是一方争取，另一方施舍。翰宝紧靠姐姐左边坐，配上极乖巧可亲的表情，发出标志音，“咳咳咳”，姐姐给了一根，他把那一根自右手转到左手，又“咳咳咳，咳咳咳”。

“妈妈，他手里有，还和我要！”关宝不满。

妈妈作为旁观者猜，翰宝这么贪心，是舍不得吃掉。一根吃完就没了，心里没底，再要一个，手有余粮，心里不慌。

“嚓嚓嚓”，关宝的一袋底朝天，翰宝手里还是两根，左右兼顾，嘬上面沾的番茄末，唇边一圈橘红。

回家，由关宝安置买来的东西，分类后，归放整齐，已是晚饭时间了。关爸回来得恰到好处，只差用餐这一步了。

寻几首莫扎特的曲子，《第一号弦乐四重奏》，似知己倾心交谈，自在平等均衡。电火锅是个慢性子，一个一个小泡冒起，桂圆、红枣在汤里渐渐饱满，消皱，和上满屋舒缓的旋律。

饭菜上桌，两宝明显不在状态。关宝捧书读，关爸又在说教；翰宝吃醉酒般踩着椅子配合旋律舞动，小碗里的麻酱蘸料被他喝去少半，原来，麻酱也能醉人。妈妈也醉了，有眼前盘子里土豆粉蛋石色泽般纯粹无杂质的快乐，又有绿油油的豌豆苗嫩茎结出的小叶片一样纤细旺盛的满足感。瘦肚计划早已在这氤氲的腾腾热气中蒸发不见，且来享用，且来享用！

关爸满上一杯酒，关宝借之回忆起喝酒的往事。她误喝过姥爷的酒，本来是要抓一杯水来浇灭嗓子里的火辣，没想到，到手一杯长得与水无异的白酒，在众人的惊呼中，仰头，无畏地干杯！竟比过妈妈见到的所有驰骋酒场的豪杰。结果是一口辣酒咽下，两行热泪涌出。

回忆起往事，仍是末日般的黑暗，关关心有余悸，又转头问爸爸，酒，那么难喝，为什么还要喝？爸爸胡言乱语搪塞之，又为此找了一个心安理得的借口，拓展到女人的习惯，女人心情不好就会花钱，男人心情好或心情不好就会喝酒云云。

好像男人喝酒不是为生活所需就是为生活所迫。前一条定律倒是真的，姥姥和姥爷昨天生气了，今天视频通话，姥姥说收了一件一直心心念念的衣服。

闲聊收住，妈妈把狼藉杯碟清理干净，摆出果盘，就着一个动漫电影收了一天的尾，插科打诨的翰宝终于耐不住时间的催眠，躺在妈妈怀里睡着了。

屋里安静了，窗外喧腾起来，一阵轻悄悄的风掠出了细碎的沙沙声。心静下来，是另一种不需要被任何情绪填补的充盈。

披搭一块小毯，旋亮一处灯光，冲一杯奶茶。窗外，云影遮月，月逐流云。今天是农历八月十六日，正是既望。

望，月满之名；既，已经到达的一种状态；既望，即农历大月十六日，小月十五日，实是赏月的最佳时间。当年苏东坡因“乌台诗案”被贬黄州，七月既望，在赤壁矶古迹泛舟万顷银波。避开天下的尔虞我诈，转身投入另一个灵质天地；举酒属客，与另一个自己对话水月之变。伤而不怨，悲能自持，万物象前，剖出真见。

时节不居，秋分之日，昼夜开始平分，去夏的燥热，迎秋之清冷，去翳翳绿荫，迎萎枯飘零，这个最为丰美富庶的季节将以最绚丽的色彩悲壮落幕，飒飒落叶，声声雁鸣又不知会牵伤多少窗边、桥上的人，惹湿多少颗善感的心。

一杯奶茶，热气袅袅，暖了月下窗边的人。

第三辑

定格纯美

作画：关关

秋风凉，不忧伤

秋凉，本来要陪翰宝出去玩沙堡，忽然降温，院子里风乍起，矮墙边一排低树的叶子飒飒飘落，仿若义无反顾地去同赴一场不可推却的约会。

妈妈站在树下，翰宝站在妈妈的身旁，怔怔地观看很久。

初时，妈妈看着叶子，后来，妈妈看着他。叶片倏忽离枝，翰宝显然很茫然。

在夏天的那些时日里，这片树荫是翰宝玩耍攀高的地方，他喜欢站到高高的水泥台上，仰起脸眯着眼睛，脸上便着了椭圆状的叶和纤细枝条的淡影。

“叶，叶！”他努力够到一片叶子，小心摩挲后又爱怜地放开。

“树，大树！”手指在半空画出一条弧线，描出树冠的大致轮廓。

可现在，这落叶前赴后继，只留下曲折的树枝。

翰宝弯下腰，拾起一片叶子试着装回枝头，松手，叶子又换了轨迹，执拗地汇入满地的金黄。他一时无法接受，又理解不了，心神无主，嗓子里悲戚地哼哼。

街上的车流南北方向奔涌不绝，行人低头若有所思匆匆赶路，最忙的是他，忙着还原，忙着成全。

树叶还是不听话，像是小车上掉落的残破零件，再也装不上去了，他小跑来拉我，要一起捡叶片。

捡起的叶片，静静地躺在手心。叶片中心延展开清晰的纹路，不知在这场必来的告别里它会不会痛苦，细细的短柄透出新鲜的绿，那绿便是硬生生断开的伤口。

高处的枝丫不理会它，加重了颜色，收藏了水分，朝下个季节走去了。

妈妈和翰宝带着百般滋味，走出那片树林，天色将晚。

回家，在门口等翰宝“嘿呀嘿呀”上台阶，等到，牵手开门。

不过七八个台阶，他要手脚并用，又似乎不愿走宽敞的地方，沿墙边行。

这个下午，他的记忆里，应该只有一个画面惹他伤心——回不去的落叶。不到两岁的翰宝，不知悲秋，当然，也不会像成人一样附着苦乐，芽生叶落对他来说自是寻常事。

他会为一片叶子担心，担心叶落地时的触痛。

且去怀抱，且去珍惜

翰宝在家贪睡，关宝只能发扬姐姐的担当精神，独自上学。

一个人穿过红绿灯，小身影融入陌生的人群。路过街边的一个灯具店，门上贴着五彩的灯带。

还有一个是麻辣串店，夏天的时候，妈妈推着翰宝带关关来这个小店，外面的桌子如果是空的，我们必会坐下，和关宝要两个碗坨。

翰宝坐在推车上，急得抓耳挠腮地索要，妈妈和关宝聊足了天儿，再给他一两条，让这个小男士从小就学会等待，学会女士优先。

下一个路过的是菜店，在早上 7 点一定锁着门。菜店，我们常一起去。关宝习惯坐在小凳子上等妈妈在里面挑拣蔬果，和阿姨有一句没一句地闲聊，如果翰宝在，她会打趣翰宝，让翰宝学学本领，或者找机会语重心长地说教，体现姐姐的权威。

现在，这些小店，关宝都不会去看一眼，只当两边是虚拟的舞台布景，她不敢驻足，慌慌疾行，目标只有一个，穿过布景，躲过送校的车辆，迅速安全地去学校。

第一次独自去学校，是因为她赖床。轮番叫，还睡，最后爸爸变了主意不等了。妈妈任她睡，等她着急起来，再告诉了实情，狠狠心祝她安全到校，狠狠心关门。

门里听她在外面小声地央告，小声哭着下了楼。

妈妈回头抓起手机和班主任联系，希望第一时间关注她，告知有没有到校，余下的时间就是漫长的等待。

还好，她安全到校，老师关切问询，一个人来校紧张不？她言感觉挺好，可以跑可以走。可脸上却有让老师看出的泪痕。

今天她又要单独走，用妈妈的办法，带上电话手表，耳边有妈妈声音的陪伴，少些寂寞。

5分钟之后，窗户外，红绿灯阻了一波行人，算算时间，她小小的身影一定也在其中。

琵琶女船上诉说身世遭逢，与白乐天叙苦话悲，关宝被裹在人群里，一边和妈妈诗词接龙，一边一路向北。从《琵琶行》到《将进酒》，背罢又续《长恨歌》，背诵“蜀江水碧蜀山青，圣主朝朝暮暮情”时，下午2点30分，她到校门口，挂了电话。

一条不到一千米的路，一路她的谨小慎微，一路我的牵肠挂肚。

今晚，关宝有兴趣班，还有生日会。她开始有了小小的交际圈，人情往来，好恶决断，若失若得，逐渐累加。

昨天，她还在家里想爸爸、妈妈，偷偷抹眼泪，今天，就让我们牵挂，等待。

晚上9点半以后等不到电话，关爸着急，另一个生日会，应该玩得正欢。关宝不再像翰宝一样分分钟黏人了，进步了，上学、独立参加聚会，难免紧张又夹着一种成就感，对她而言，这，只是成长和独立的开始。

众多的陌生和挑战里，她会不断考验自己的羽翼有没有能力提振鼓动，迎那凌凌冷风。

再等等，全身心投到外面的世界，雨来，她明白如何躲避，然后，干脆不在乎地在雨中奔跑搏击，那种因为忐忑而产生的对家人的依赖感将愈来愈淡，这个过程是温情又苦恼的，这个结果是让人纠结又欣慰的。

是谁写的：不要抱怨辅导孩子写作业累人，用不了几年，晚上，当你看到孩子房间熄灯后，一片漆黑，会怀念那个小小的背影，坐在那里，一会儿写写字，一会儿摸摸脑袋，一会儿玩玩笔，一会儿喊妈妈来一下，早上看着孩子空空的卧室，好想叫他起床上学。但此时，也许，他已离开你去千里之外。那间熟悉的卧室，已经成为他的旅馆，只会在假期暂住……

心有所触。

幸好，这样可能被错过的美好，被厌倦的美好，还未溜走。

姐弟的差距

有了弟弟，关宝造句明显有了素材。

“我的弟弟真是一只可爱的小老鼠，吃起东西 cen cen cen 地嚼着。”

“cen cen cen”吃美食的翰宝旁边是流着口水的姐姐，看了好久，偏偏弟弟吃得慢，端详，自语，左右手来回倒换着拎，掂掂分量有多少。

望眼欲穿得不到，爸爸、妈妈盯着，眼神杀，还不让抢，关宝心生一计，撇嘴大哭，泪一滴都没有，眼珠还在滴溜溜转，窥视翰宝的反应。

斗智开始了。

男人怎么见得女人流泪？翰宝心疼姐姐，过去搂着姐姐的肩，手里的美食统统塞进姐姐的嘴巴。

姐姐喜笑颜开。

翰宝悟到了什么，悔了，扑过去想从姐姐嘴巴里抢出来，又在斗勇。

妈妈和爸爸在为翰宝摇头，这个方法又不是第一次用，却屡试不爽，真是不长记性。

“我的弟弟可怪了，有时候在大哭，有时候在大笑。”

岂止是怪，简直匪夷所思。起床，指着妈妈号啕大哭，额头的温度正常，也没明显的伤，妈妈不解。关宝问不明白，翰宝也说不清楚，只看着他跺脚推搡，急红了眼。后来才知是因为妈妈的头发披下来了，必须扎成马尾辫才是熟悉的妈妈。

经过理发店，理发师叔叔正在给一个阿姨的头发“精雕细刻”，翰宝如临不测之境，张开两只小胳膊大喊“走走走”，庇护姐姐、爸爸、妈妈3人，不让大家以身涉险。

妈妈在商店试一件新衣服，他拦着，揪扯着让脱下，这让卖衣服的阿姨哭笑不得，感叹他从小便知勤俭持家。

姥爷换掉夏天的鞋子，拿出秋天的，不行，翰宝找到机会就把那双陌生的鞋子扔得远远的，后来姥爷穿了一个星期，他才和鞋子熟识了，接受了。姥爷说，这叫多管闲事。

“弟弟不在时，家里总是感觉很冷清。”

是啊，姐弟两个，热闹是热闹，可小矛盾不断。那玩具静静地摆在那儿，兀自寂寞，只要姐姐玩儿，玩具马上变得很抢手，追来，抢走，呵斥，退回来。姥姥皱着眉头看电视，调高音量，还是不行，忍无可忍，一个电话叫来妈妈，一并遣送出去。

合作起来也很好，周末家里大扫除，翰宝帮姐姐收拾房间，扔垃圾，递抽纸，鞍前马后，煞是卖力，最后只要姐姐拍手，翰宝随即跟进，训练有素。

除了造句，作文也用弟弟。

妈妈很欣赏关宝的文章，关宝向来好口才，在像弟弟这么大时，已经会跟着姥姥唱《东方红》了，现在又是好文笔。

妈妈问正在觊觎姐姐小老鼠削笔刀的翰宝：“能不能学姐姐，妙语连珠，妙笔生花啊？”

他看着妈妈，真诚地答：“能。”

语言的巨人，行动的矮子。

比他大两个月的邻家小哥哥早在夏天时就背会一首古诗了，比他小一个月的弟弟最近也背会了两首古诗。

华华阿姨和妈妈聊起来时，妈妈忽然生出前所未有的担心。

回家，亲昵地抱着翰宝，给他一种自在的状态，轻松的语言环境。

“鹅，鹅，鹅——”

他不接，因为一贯的规矩是从第二句最后一字开始接。

“曲项——”毫无反应。

“向天——”

“歌！”

俨然完成了一个具有重大意义的课题。

“哎呀，能不能说个整句？白毛——”

“……”

“浮！”

“……”

“绿——”妈妈忽然心累。

“水！”

好吧，实验到这儿，妈妈已经放弃了，起身找关宝去。

翰宝却不干了，追在妈妈后面：“波！波！波！”

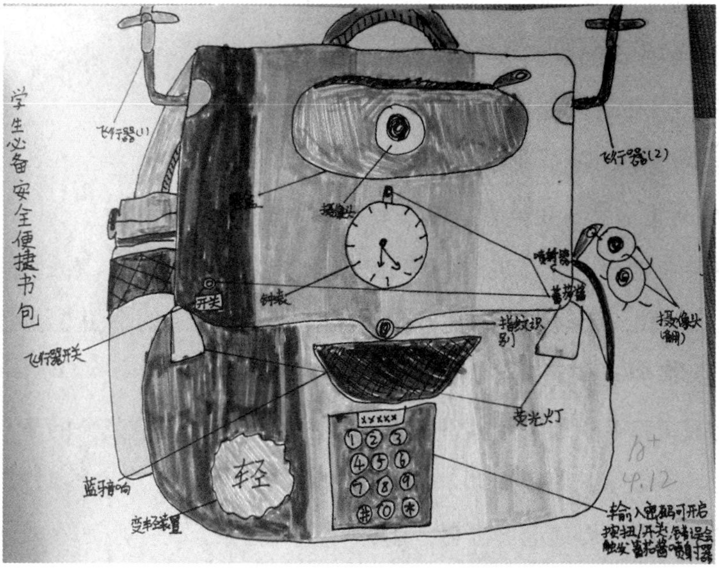

作画：关关

定格纯美

7年前吧，和现在一样，办公室西边操场每天上午10点，一群群的小朋友出来做操。

蓝天白云下，他们像撒到绿草地上的小鸡崽儿，喧闹着，追逐着；音乐响，跳绳操，篮球操，打人追人操，我站在窗边看这一派生机，冬天唯一热闹的所在。

同事的女儿也在其中。

我问："哪一个是？"

他说："不知道，那么多人，看不出来。"

"如果我是你，我就看得出来。"

我会在她迈进操场的第一步，就开始锁定她的位置，看她怎样伸伸胳膊，踢踢腿，装模作样地比画，再借着空隙和身边的小朋友说悄悄话。

天天都会守在窗边看。这，真的是贪恋。

周五，二年级家长开放日，按学号去跟进课堂，可关关的学号靠后，轮不到。一位家长临时有事，群里求助换参加时间，求助的时候我没看到，被另一位家长拿走了机会，还有吗？只能等了。

机会终于来了："我换。"

早饭时候，我告诉关关今天和她一同进校园。随之，她开始介绍校园趣事，介绍她们的秘密小屋。昨天下课藏在小屋的时候，有人在小屋的“窗户”上打出一个洞。

“哎呀，太可惜了！什么窗户能被打破？”

“小屋是队员的领地，对面还有‘敌人’领地，但是不能随意穿过，因为中间是岩浆。”她的描述惊心动魄。

“那怎么办呢？”

“可以从边上小心地走过去。”

最近还有高年级的小朋友“嘭嘭嘭”踢水管，水管口哗啦啦地掉下好多的冰柱。

关关捡起掉下来的冰柱，端在熊爪爪手套里，小心地带回教室，放到暖气片上烤，另一边是她的湿手套，下课手套干了，冰没了。那冰柱子有多长、多亮！

牵着手，上学去。

第一节课是晨诵，杨老师来了，手捧一本《雅韵飘香》。

前几天，杨老师来电话，告诉我，某天，她在台上训导某学生，关宝座中细观，始终面露不平色。杨老师细致，察出她的情绪，带她到办公室，就听到关关直言不讳的“指点”，幸而老师有涵养，竟接受关关的批评，自此，关关对杨老师的尊敬又多了三分。

我听着，背后竟像生出芒刺：家长见了班主任，总要惴惴的，这个孩子，怎么敢？

“遍催万树暮蝉鸣”的时光过去了，窗外是凛凛的初冬，老师带着40多个摇头晃脑的小娃，读陆游的“衣上征尘杂酒痕”，细雨中从剑门关缓缓穿行而入，销魂；读暮春时节，江南一隅，杜少陵又遇李龟年慨叹人生何处不相逢；读乐天派的苏轼专宠味美的荔枝，忘记宦海浮沉；读徐志摩的赤子之心，一片雪花简单的快乐。从唐诗的丽日暖风到宋词的柳絮菊影，从秋天里叶落的惋伤到冬雪映暖屋内的炉火。

这些小娃，对人生际遇尚全然不知，对离别恸愁更是茫然，文字流转于他们的唇齿间只是一点清甜，滑过之后并不见回味。但我喜欢听，听他们像啾啾的鸟儿窥视繁杂的人世，探得一二，振翅便到了更高处的枝头戏言观瞻，无论悲喜，都与他们无关了。

不信？且来看第二节课，听他们对《夜宿山寺》的解读。

《夜宿山寺》，开元十三年（725年），李白25岁，仗剑出蜀，辞亲远游，行至湖北黄梅县，在群山围抱的江心寺小住，客堂内的诗人夜不成眠，起身，寻到寺后的藏经楼，写出所叹、所想。

孩子们解读李白到江心寺，是闻着酒香去的，是为会朋友去的，是听说景色优美去旅游的。

李白夜宿山寺当晚，没来得及饱览当地的美景，没有喝到向往的美酒，没有痛痛快快地作一首诗，辗转难眠，绕寺而行，直至遇到了藏经楼，感叹了一声：妈呀，这么高的楼！于是写下："危楼高百尺，手可摘星辰。不敢高声语，恐惊天上人。"

孩子们分析，李白抬头看到了百尺高的楼，艰辛地迈着步子费了九牛二虎之力走上楼梯，绕了42个弯才气喘吁吁、大汗淋漓地爬上了楼顶。

在楼上，他看见了什么呢？漆黑一片阴森森的夜空，点缀着像宝石，又像眨着眼睛的星星，还有在云上睡觉的神仙。星星那么近，仿佛一伸手就能摘下来。性格豪爽洒脱的李白这时却不敢高声言语，可能王母娘娘在开蟠桃大会，也可能观音菩萨正在惩罚牛魔王，或者王母娘娘和玉皇大帝在开会，惊动了他们，把他杀了可怎么得了？

原来是这样的李太白，这样的诗意！藏经楼上，李白想得真多，唯独没有想到愁肠千转、人言讷讷、名绳利索扯住了自由之身，生活漂泊无非是为了追求仕途显达。

孩子们的诗意世界里，干干净净。

下课铃响，楼里呼啦啦飞出好多“鸟儿”，惊飞了枝上的麻雀，这一片阳光天地，由他们主宰了。

李白是谁，他们不管了，去找秘密小屋，藏起来，再密谋一个惊天的“阴谋”，伺机抓一个“俘虏”，满眼狡黠的单纯。

我深知，这种单纯，就像关关找到的那块冰，最终会融化，会消失，因为它剔透无瑕，不耐烈焰灼灼……

而我，且用文字，定格这瞬间的纯美。

过个圣诞节吧！

今天，是关宝期待已久的平安夜，恰到好处的是窗外下了一层薄薄的白雪。

关宝赖在床前我的枕头边，小手支着下巴想事情，长长的睫毛扑闪扑闪。

翰宝闹着睡觉，他不知道，今天是平安夜。就在刚才，他还参观了妈妈、姐姐布置的圣诞树，看着上面的小彩灯，无比激动地喊："烟花！烟花！"

翰宝总是习惯跑题，说花朵是好美丽的棒棒糖；说鳄鱼是一只呱呱叫的青蛙；说姥爷贴膏药撕下来的那张花边膜是蛋糕。所以，平安夜的一些话题，他没有参与能力。

"关关，如果今天圣诞老人送给你一匹马怎么办？或者送一头小毛驴？"

关宝皱起眉："我不知道，妈妈，你不会晚上去给我买一头驴吧！"

"你的意思是圣诞礼物是妈妈送的？"妈妈心里隐隐地紧张。

关宝笑弯了眼："我都知道了，妈妈，你说实话吧。"

妈妈顿觉泄气！

唉，亲爱的关宝，你知道有些实话讲起来有多难吗？就像坠一粒石子到平静的水面，扯乱了那绸缎一般的美；就像惊醒了一场织着罗绮的梦，再美的情节都不作数了。妈妈不想说实话，想一直陪你保护那些梦。

可你现在有了思考推敲分辨的能力。

记得吗？幼儿园中班时，妈妈觅到一只大毛绒老虎，样子和家里那只小的是一个模子造出来的。为给你惊喜，妈妈提前赶回家放好，然后接你回家。

看到那只虎，你显然被惊到了，又怯怯地摸摸这只虎、抱抱那只虎，最后才守着两只老虎问："妈妈，这是哪儿来的？"

"啊，妈妈不知道，是不是那只小老虎长大了，生的宝宝？"

你很自然地相信了，从此，开始盼着第二个虎宝宝的降临。

一年级，你很严肃地问："妈妈，那只老虎到底是哪儿来的！"

"是那只老虎长大生的宝宝吧。"

"不对。"

"为什么？"

"那这么长时间了，怎么还没生出第二个宝宝。"

此刻，你在等妈妈，关于圣诞礼物的回答，眼睛清澈，像一汪泉水。

妈妈都要坦白从宽了，然而，还是颤了颤嗓子，回答："不是妈妈、爸爸买的。"又问，"你怎么觉得是妈妈买的？"

"天上的神仙都是假的，鬼怪都是假的，圣诞老人怎么可能是真的？"

"也许有，谁知道呢？世界这么大，神奇的事情这么多。"

"那航天员都去外太空了，也没看到呀。"

"那去得还不够远，更远的地方也许有。"妈妈似乎也信了。

关宝不说话了，她在想，圣诞老人今晚要送来什么礼物。

妈妈知道，关宝的心里，也藏着一个秘密。

关宝有一张便签，写着送给家人的礼物。中午的时候，姥姥、姥爷、弟弟的礼物都送到了；爸爸的礼物，买了后，转手就送了。只有妈妈的礼物没送。爸爸透露给妈妈，是一盒甜心巧克力，关宝为了给妈妈惊喜，让爸爸夜里 11 点叫醒她，装礼物。

她不知道，妈妈、爸爸为他们准备的礼物，那套乐高桌椅，也要等她和弟弟睡着才能组装，想想真是好玩儿，这个晚上，除翰宝呼呼大睡之外，其他人都在悄悄忙碌。

圣诞节，圣诞老人，礼物……二年级的关宝隐隐约约怀疑，模模糊糊相信。让妈妈感动的是，关宝读懂了被爱，学会了爱家人。

一个节日，如果不计国别、信仰，其实，还有至真至纯的爱和暖。

做弟弟不易

世界上最美妙的莫过于此，在不谙世事的年纪，对生活的全部期待就是绚烂的理想本身。

——赫恩曼尼

未遇到关关前，翰宝没料想，做个弟弟这么辛苦！

他只是蹩进房间的一个小人儿，见了妈妈，熟悉了，要抱抱；见了爸爸，指定他做了抱抱备选人；可是姐姐呢，也是小人儿，最多高那么一点儿，呼呼地跑过，带着风飒飒而来，他眯了小眼睛。这两个小人儿，每天都要陷入各种突发事件，翰宝一多半的洋洋快乐和运筹周旋，都是为了姐姐！

下午，翰宝午睡刚醒，还想赖会儿床，哼哼着，和妈妈索要点糖果。

已经有一个小影儿投射到身边了："弟弟！起来，起来！"

翰宝不理，头埋进妈妈的臂弯。

身影溜下床，在外面挪移行进，自导自演："哎呀，这本书真好，有长颈鹿，还有……"

他仍不理会。

“这个玩具好玩儿，还可以烤蛋糕，谁吃我的烤蛋糕喽！”

还不回应。他知道的，什么蛋糕，那是木制的拼图片，失水干燥，咬起来硬邦邦，配合姐姐的角色咬了好多次，太受罪。

“姐姐吃冰冰了啊，你吃不吃？还有草莓味的奶棒棒。”

他抬头看看我，权衡轻重。

“姐姐要看电影了，看狗狗。”

他一骨碌坐起，掉转屁屁下床，回应着：“看狗狗，看狗狗，和姐姐看狗狗。”

可以了，他小小年纪，都赶上铁骨铮铮的志士了，多次不为外物所动，不为他人左右。

做弟弟不易，姐姐看了一个假期的《西游记》，翰宝只能看懂那只猴，猴做的事，他自然是不懂的。两把小椅子排排放，看到困，弟弟总想溜，刚离座就听背后冷冷一句：“干吗？坐下。”他乖乖坐了回去。

如此几次，最终决心不看时，多是泪汪汪地劝说：“姐姐看吧，二宝不看啦。”

做弟弟不易，弟弟爬到小凳子上踮脚偷取物什，不知什么时候姐姐已经在背后观看了，高空作业自带危险，放在高处的都是妈妈禁拿的。目击者出现，有三种可能：一是放过，二是上报，三是就地惩罚。

翰宝急速下来，嘴里念出一串123456789，似用莫名其妙的尬聊来自我解围，然后，扑怀，紧紧抱，再给几个吻封口。

做弟弟不易，抢来的好玩具太多，手，明显不够用了。

姐姐言：“弟弟，你看，天上飞来一条鱼！”

“嗯？是吗？”弟弟抬头找那鱼去了，玩具尽数被夺回。一个敢想，一个敢信；一个敢说，一个敢看！

做弟弟不易，苦苦求着进姐姐房间，姐姐耽于自己的游戏不理，敲门“咚”变成伤感“哼”，妈妈变成了救兵。

姐姐没办法，令：“背诗才能进来！”

外面这个略思忖：“呃呃呃（鹅鹅鹅），曲项向天咯（歌），白毛糊（浮）绿碎（水），红掌不（拨）清不（波）。”

翰宝背诗，每个字发虚声，收缩小腹，大力发出短促音，没法辨别读音平仄，也无声调。

“不行，再背一首。”

“出（锄）禾日当午，汗滴禾下兔（土）……”翰宝苦着脸。

妈妈喜忧参半，喜的是严师出高徒，忧的是弟弟的启蒙要比姐姐早而苛刻，不知将来背起这些诗句，会不会留下什么心理阴影。

做弟弟不易，未遇到弟弟前，关关应该也没想到，弟弟这个“宠物”，鹦鹉般学舌，有小狗的亲昵，还会像只猫儿常供逗玩开心。

于无涯的时间长河里，有限的几个亲人里，刚好遇到你。或嗔或怨，或喜或怒，一点点累积成彼此的成长，彼此的岁月。

有个精灵一般的姐姐，做弟弟真心不易。

智取

有一些东西并非此消彼长，比如爱，可能会随着时间越来越浓，如放久的蜜，沉淀出甜美的结晶；比如两个人善意的智斗，见招儿拆招儿，改变攻略，完善手段，最后智商升级。作为旁观者，妈妈可以每天看着这样的智斗，两个小人物常常打破常规，花样百出，招招儿凝聚着智慧之光。

早答应了关宝，买新的乐高颗粒，她说，很享受拼装的过程，只要买来，哪怕是把成品回赠也可以。

妈妈却不享受这个过程，拼装要一个绝对安全的环境，买回来，塑料袋哗啦啦响，翰宝就瞄准了，要把他支开，隔离三四个小时，这期间，还要耐得住他没完没了地刺探行踪，多次哭闹意图突破防线，委实艰难。

于是，婉拒。

关宝久等无果，私下求助爸爸买来，拿回家，瞬时被弟弟夺去了一袋，要拆开，要拼装。当然了，家里一向有这样的默契，拆一个不想开的包装，打开一瓶加添加剂的果汁时，姐姐在，姐姐打不开，妈妈在，妈妈打不开，爸爸在，爸爸打不开，3 个人都在呢，只有姥姥或姥爷能打开了。按照一贯的默契，这个袋子是任谁用多大力气都打不开的。

于是，一个缠着开，一个缠着拼；一个不撒手，一个要不回。索性看这两个小人儿怎么办。关宝另辟蹊径，隔袋拼装。两个轮子拼好，再拼底板时，才发现衔接零件分装在另一袋中。要拼成一个整体，隔袋取物，怎么行？

终于等到弟弟呼呼睡着，姐姐才一颗一颗组装成一辆漂亮的小汽车。车的安放又很麻烦，放在哪儿都可能被发现，被发现就会被拆卸。关宝选择放在顶高的柜子格里，妈妈知道，那儿也不安全！

果然，第二天翰宝只是一个自然的仰头就看到了，哭闹，到处央告无果，决定自己踩到高凳上够。

“翰宝，吃饭！”

他呼哧呼哧地回话：“等一等，我在够车车，够了车车再七（吃）饭。”

妈妈进去，看那高度，再加一个翰宝还差不多。

关宝担心得很，又取来一只拼装恐龙。恐龙外皮墨绿，口舌鲜红，张牙舞爪。

“要干吗？”妈妈担忧，“是要拆这只恐龙？”

“我用它保护车，弟弟最怕这只恐龙了。”

接着就听姐姐到屋里告诫弟弟：“我告诉你，你别动那车呀，你看那只恐龙，它是守护车的，小心它咬你哦。”

“哦！真是‘道高一尺，魔高一丈’。”爸爸和妈妈在外面慨叹。

关宝安心地到餐桌前吃饭，留下一人，一车，一兽，对峙。

卧室那边安静下来，那个小人儿要怎么办？

好一会儿，里面传出絮絮叨叨的自语，像念符诵咒一般，嚅嚅唇语连续不断，又模糊不清。

大家好奇，接二连三去探测。

关宝第一个回复：“弟弟在和恐龙聊天儿呢。”

“咦？”妈妈再去看，果然。

他已经放弃不切实际的探取，打坐在高高的凳上，抱着小脚丫，昂起头，一脸的虔诚，柔声细语劝恐龙："恐龙你豪（好），请把车给我吧，我想要车呢。"

恐龙不言语。

"你豪（好），恐龙，请给我车车吧，那是翰宝的车车！"

他苦口婆心地劝，虽不是舌灿莲花，但是至情至理，顽石也要点头了。可惜对方不是顽石，恐龙伸着红舌尴尬，对面小人儿着实诚恳，真令人感动，可是取物，它做不到，只好装作听不见，不懂得，懵懵懂懂守着那辆与自己毫无关系的车。

结果可想而知。

在这场煞是好看的智斗中，两方亦防亦破，亦守亦攻。姐姐调用道具化解危机，奇思妙想让人称赞；弟弟面对强势不肯放弃，以情动人，其心更是难得。

妈妈知道，这样童话式的过招儿，在翰宝 3 周岁晓得人事逻辑以后就难以再见了，所以，觉得珍贵，记下。

谦谦翰宝

《论语·季氏》云：“不学礼，无以立。”

两岁的翰宝小朋友似乎看清了发展的前路，努力向那个目标靠拢了。

一辆小车驶到柜子底下，翰宝趴平身子，尽力去探也够不着，匆匆忙忙去找姥爷：“姥爷，请您帮帮忙，请帮帮忙。”

姥爷很乐意帮这个忙，取出后，又特意告诉翰宝：“不要这么客气。”

去兴趣班接姐姐，门口等，小朋友一个个整理好书包鱼贯而出，外教老师微笑着和小朋友们告别。翰宝做了逆行者，跑进去，冲着外教老师说：“Hello, ok, byebye！”黑皮肤的老师被这陌生小娃乐出一排白牙齿，妈妈跟在后面，呵，汉语句子还说得含糊，这 3 个英语单词倒是一气呵成！

在家里，和爸爸撞个满怀，爸爸担心撞疼翰宝，要问询，要安慰。翰宝抬头：“爸爸，你好呀！好久不见啊！”爸爸因这突如其来的问候，深有感触，啧啧称奇，看着那小背影翩然而去。

这是个礼貌谦和、柔情似水的小暖男。

逛集市，上电梯。一位奶奶抱着白色小狗，妈妈抱着翰宝。电梯轿厢不大，妈妈和奶奶面对面站着，暗暗提防，奶奶应是怕翰宝顺手抓到宝宠，妈妈怕的是那狗翻脸快，伤及翰宝。

有意思的是，翰宝和小狗，两个身形大致相同，都被环抱，也在对视着，好奇着。对视好一会儿，终于，翰宝忍不住抬手伸向那只小狗，妈妈和奶奶同时惊呼。手捏处，一块儿饼干放到小狗嘴边，那，是翰宝的零食。

喂小狗的小朋友，还念念有词“吃吃吃”。那小狗也不客气，嗅了过去，大快朵颐。唉，这真是扶弱济困、侠骨柔肠！

楼道里碰到不认识的邻居，又或者是邻居家的客人，匆匆下楼。

翰宝上楼：“黍黍（叔叔）！”

“唔。”对方很是讶然。

“黍黍（叔叔）好！”低的那个很认真要回应。

想低头快点通过的叔叔，这时，又觉得无礼，慢下步子，好好想了一下：“小朋友好！”

跟着夸赞几句，后面这几句与翰宝已经无关了，问候已经完成，夸什么，两岁的他也听不懂了。

妈妈知道，如果那个叔叔回头要回以拥抱，小朋友就一定会夺路而逃。

妈妈剥好一支火腿肠送到翰宝手里，接下来他不吃，抬头似乎在端看妈妈的心意，直到观出爱和感动的表情，眼睛亮晶晶，真诚地和妈妈说：“谢谢妈妈！”

这样的宝宝，恨不得再多一些爱给他。

翰宝能成为这么有礼貌的小朋友，自然离不开良师的教导。他的第一位启蒙老师是姐姐。姐姐话多、活泼，偶尔捉弄戏谑，也常常言传身教。

未成美玉前，每个人都是璞玉，能获一人辨识雕琢，幸甚至哉！

关关读《西游记》

关关刚上一年级，一次早饭神游，速度太慢。爸爸信手拈来一个例子，循循诱导：“关宝，你说，孙悟空和如来佛祖哪个厉害？”

爸爸的本意是，孙猴子被压在五指山下，其中一个重要原因是，两者形体差别大，指掌里翻跟头，输赢已定。那又和吃饭有什么关联？自然是，少吃如猢狲瘦小，多吃像如来庞大。

关关转转眼珠：“那要看什么时候了，你说的是取经之前的，还是取经之后的？”

“之前的。”爸爸想不出对方会反问一句，随随便便抓了个选项。

“之前的孙悟空是猴子，如来是佛祖，那，一只猴子怎么打得过佛祖？”

“那就取经之后的。”爸爸有些不祥的感觉。

“取经之后？取经之后，孙悟空都变成斗战胜佛了，两个佛怎么可能打起来？”

胜负已分。

之后的一段时间，言谈之间关关还总结出玉皇大帝的不足：明明知道猴子最爱吃桃子，还让孙悟空去看守蟠桃园，这就像让贼去守护银行。

关关读《西游记》，启蒙版本是一套小规格的绘本，画面搞怪，文字寥寥。

2019 年，六小龄童来鄂尔多斯市（以下简称“鄂市”），带来他的《行者》，爸爸见了“真斗战胜佛”，拿回一本签名书，只字未看，被姥爷拿了去。后来爸爸断断续续读，不到一半时，又被关关抢先读了。

直到有一天，关关问：“妈妈，六小龄童姓什么？”

“啊，这个，那个，不就是六小龄童吗？姓什么？不知道呢。”

“他姓章。”那时才知道，她已经消化了那本 20 余万字的书。

寒假，一套原版《西游记》被妈妈从最高的书架上拿下来。

先是承诺要和关宝一起看，原谅妈妈打诳语，翻到第一回《灵根育孕源流出，心性修持大道生》，“诗曰：混沌未分天地乱，茫茫渺渺无人见……”便合了书，暗道：“天地乱，真的好乱，无人见，不想再见这书了，还是去看木心，去看哥伦比亚那一处幽幽的倒影吧。”

关关却坚持下来了。

每晚读一回《西游记》，她笑八戒的傻，又发现比八戒更傻的还有金角、银角大王，比金角、银角大王更傻的呢，还有轻信妖言的唐僧；她会因三打白骨精后，孙悟空被师父撵走气红了眼睛；还和八戒一起馋人参果，打问到底是不是之前买的那一种（妈妈小时也馋过那脆生生、甜津津的人参果，三个徒弟最可恨，隔着屏幕，大快朵颐）……

第二天，一些故事又在纸上被重温，被品味涵咏。关宝将感悟讲给妈妈听：“孙悟空，称大王的时候，自由自在，最快乐；天蓬元帅喜欢嫦娥，嫦娥那么美丽，一般人都会喜欢呀；沙僧，是最会劝架的人，也最安静，孙悟空和猪八戒脾气不好，所以观音菩萨专让他来劝架。沙僧也最懂孙悟空，当猪八戒说孙悟空坏话时，当唐僧不信任孙悟空时，沙僧知道孙悟空是天地生的，什么都懂；唐僧自遭遇白骨精之后就学聪明了，见了深山就害怕，知道必有妖怪……”

读了《西游记》，关关的语言风格也有改变。

爸爸用她的铅笔，关关责问：“为何夺我铅笔？”

弟弟前几天表现不好，不能定点如厕，教育之后，马上见效，欢欣地从洗手间跑出来，告诉大伙喜讯。

关关评价：“陛下，你最近大有长进呀。”

许是书海无涯，于其中泛舟久了，可以让人心神沉醉，不知身是蝶欤，周欤？处人间还是仙境？

《西游记》中的师徒四人，取经路上，上演的是丢师父、寻师父、救师父的情节，经万般磨难，终加升大职正果。而妈妈在读书这条取经路上，路途迢迢，所为，远不如关关。

神兽之“神”

晚上，爸爸和姐姐坐在沙发上闲聊。

“爸爸，你说二宝是不是很傻？不让他干啥，他偏要干啥。”

“嗯，每天都不让人省心。他那脸都碰青多少回了，而且每次都碰左脸。”

“是呀，哪儿都要上去，哪儿都钻。唉，真拿他没办法！”

背后议他人长短不对，不过，关宝和爸爸是在主角面前说这番话的。

翰宝，就在沙发前的毯子上自顾自玩，自言自语，还时不时把自己逗得捂脸咯咯笑。对姐姐和爸爸说了什么事，他也许还做不到随耳听，随心懂。

同感，这二宝，着实让人头疼。

妈妈手里一本《缘缘堂》，翻书呼啦啦响，盖过了另一声响。似一声虫儿的唧唧声，又似翰宝的声音，早晨不到 7 点，莫不是又醒了？

细听，隔墙卧室里哼哼几声，又睡着了。虚惊一场。

不过，今天已经给足妈妈面子了。以往，妈妈轻轻翻一个身准备下床，他就跟着揉眼睛了。

或者，妈妈刚逃离卧室，感应的雷达就探测房间的每个角落，不久灵魂的召唤响彻房间。

妈妈奔回床边，翰宝拿起最爱的小薄被，团作一团，眼睛时眯时眨，一副识别不清的模糊表情，嘴里拖长腔，刻意开心地说："出去玩儿喽——"

他的出场，让江湖从此不再宁静，吱吱吱——推动小椅子当作公交车四处邀客，尖利的叫声能把默默静坐的爸爸逼得哇哇乱叫。

玩了好一会儿，忽又想起许久未放声大哭，莫名其妙地来几嗓子。无奈这些还波及楼下的邻居。楼下有个哥哥读初中，沉稳持重。

终于，妈妈、爸爸找了极好的理由，要把翰宝遣送到姥姥家。然而，关宝不开心了。

"弟弟不会影响我学习的。"

"不行，他总是吵，而且，他总惹你不开心。"

"没事，我会和他讲道理。"

"他能听懂什么道理。"

"唉，其实，我们也舍不得，只让他待一天，后天就接回来。"

关宝热泪汪汪地同意了。

翰宝终于被送走了。回家开门的那一刻，安静的空气扑面而来，家里陈设整齐、皆有次序，真好。

爸爸、妈妈到厨房准备午饭，不禁哼起不知名的曲子。

"我怎么感觉你们很高兴？你们还说舍不得！"关宝满脸怀疑。

"没有，没有，怎么可能！"

开饭，爸爸居然倒了一杯酒、两杯果汁，忍住满怀的欣喜若狂："来，干杯！"

"为什么？为了什么呢？"

关宝叹了口气，自然是为了翰宝不在家！烛光昏暗，关宝享受这些，饭菜仿佛比平时好吃了数倍。

翰宝在身边，他会噗噗吹蜡烛，没完没了。

温一壶果茶，翰宝在，会制造各种波澜。身子横在沙发扶手上，故意用哭腔说：“妈妈，救救我！救救我！”妈妈沉着脸过去，把他从扶手上拨出来。

三人品鉴一部电影，翰宝在，会和电影抢镜。挡在三个人面前，自问自答自赏：“准备好没？准备好了！大家一起鼓鼓掌！”三人也要马上入戏，表情融七分惊喜、二分感动、一分雀跃在里面，翰宝才满意。

享受完美的一天之后，睡觉的时候，妈妈问关宝：“弟弟不在，挺好吧？”

“嗯，挺好的，想做什么做什么，就是，有点冷清。”

确实有些冷清，若翰宝在，睡前会互道晚安，和姐姐来个紧紧的抱抱，再亲亲，挥挥手，定下约，第二天一早见，一起玩儿。

第二天一早醒来，床上空空，若翰宝在，他会和妈妈来一个暖暖的早安抱抱。

翰宝又被失魂落魄的三人组合接回来了。

“妈妈，把我房间门关上，弟弟要冲过去了！”

“手手洗干净就行了，哎呀，你怎么把半瓶的洗手液挤掉了，还挤在姐姐的杯子里！”

爸爸午睡，他把小手伸过来，玩抠眼睛的游戏，闭上，睁开，闭上，睁开，得意地嘎嘎笑……累！

餐后聊天儿，没有翰宝的事，远望，他撅着屁屁从玩具堆里翻找什么，安全距离，安全动作。又踮脚跑过来了，“咔”放到桌上一辆火车，不清不楚地给妈妈说一句：“给你，带我走！”

“嗯？”

“给你！带我走！”

“哦，哦。还是不懂啊！”

关宝惊喜地睁大眼睛：“他说，带我走。”

翰宝抓着火车在餐桌上跑，嘟嘟囔囔：“老火车，抽着烟斗，走。”

想起来了，那是爸爸最喜欢的一首诗里的句子，曾经拿出来和大家赏玩过，原句是：只要老火车，抽着烟斗，带我走……真是，神了。

想想最近人人口中传说的神兽，实是上古物种，形状各异，庞伟健硕。其法力无边，若为瑞兽，可护一方安宁，若为凶兽，会伤及无辜生灵。

现在很多人把小孩子比作神兽。新冠疫情（以下简称疫情）之下，家家难免困着一二个形体袖珍、不谙世事的神兽，他们把家里搅扰得鸡犬不宁。

神兽，也是灵兽，纳天地之气，通万物之灵，资质不可小觑。

神兽虽小，威力实大！

不同的风景

一场花事，一场梦幻。这梦幻，绽放在每一个枝头，满城，沸沸扬扬。

气温升降不稳，一位老人照例拿着绑着厚垫的小矮凳，牵着白色的小矮狗，早晨，推开单元门，斜走过茸茸的青草地，取一段柏油路横穿到健身器材那里。已是阳春三月之末，她穿一件过膝的貂皮大衣，腰上系着长长的绯色丝巾，3 分钟的路程，要一步一步地挪，极慢。小狗好脾气，亦步亦趋，三步一停，跟好节奏。

今天又不同了，老人停下步子，弓背侧肩，看着我们：早上 6 点 40 几分，一个小朋友骑着小单车，走走停停，完成老师布置的晨练作业，妈妈陪同。

小朋友看到老人，念念有词，还支起腿铺张纸做笔记，老人终于没看出什么，行到老地方，放下矮凳，把牵狗的绳圈套在健身器材铁桩上，坐到早晚都固定的位置上，以一棵多皱的老树根的姿态，看身边人来人往。小狗威风凛凛，有着不容侵犯的霸气。她绝少和人交谈，表情一个底色，仿佛万事迎上来退回去，都能舒展心怀吐纳，去年见她如此，今年也是这样。

她也曾是春天里一处醉人的景，曾摘取最美的一朵花，在最美的年华，念过最美的诗文给爱的人听……

“妈妈，我把这只小狗也记上了，算青少年一组的。”

关宝没有妈妈的这些细碎的感伤，在关宝看来，年华似水，皆为柔波。而那只狗居然也成了一位青少年，在她的眼中，没有谁是谁的附庸者，老人不是小狗的主人，小狗也不是宠物，他们是伙伴，众生平等就是这个意思吧。

早晨的风景里，关宝捻一朵花细嗅，她问我，杏花和桃花有什么区别？那边矮点的黄色小花是不是迎春花？

如果她再细看，除了品种的区别，院里的花朵有两种姿态，一种是结着小骨朵，整树整树像共同守着一个秘密，蜂蝶绕花，心照不宣地等谁会第一个按捺不住，发出声；另一种是满树花开，千万朵花，影影绰绰，积成雪，化作云。前者让人惊艳，给人希望；后者是将逝的坠素翻红，不遗余力，绣出盛大的辉煌。

早晨的风景里，关宝蹬着车子，呼啸而过，风中的女子，一往无前，一路穿行在新鲜的晨光里，离得太远了，又刹车等我，在嫩黄的柳条下，笑靥甜美。

如果她再仰头，还会看到，明净的蓝色背景里，花树间有家燕忙于觅食，它们的巢应在附近人家的一椽旧檐下。那年衔泥筑巢，之后这巢就成了十几年的牵挂。每年三月，越过数千里，穿过迢迢斜晖，漠漠烟云，来此生儿育女，繁衍希望。

在满园的春光里，我和她游走，彳亍，拾取遁去的光阴，摘朵灿然的花，皆如梦幻……

早晨，我们看到的，是不同的风景。

来几句童言暖心

妈妈喜欢和这个小朋友表白，从他不解人言，到现在半知语意。

“妈妈爱你！”

他不回应，摆摆小拳头，张张小嘴要吃，误打到了肉嘟嘟的脸蛋儿，一扭头，又被窗口微风鼓起的窗纱吸引了。

“妈妈爱你，爱你！”

他张开怀抱，只够到妈妈的双臂，却用了大力，紧紧地捏捏胳膊，用一个微笑回应。

“妈妈爱你，爱你！”

两年三个月之久的一厢情愿的告白，他忽然回复了：“我，也很爱你呀！”

嗯？幻听了吗？沙发上的爸爸满脸讶异又略略嫉妒的表情证明，是这个两周岁的小不点儿说的。

妈妈陪关宝玩数独，刚落笔七八个数字，外面已经是乱纷纷。翰宝和爸爸，一个要玩儿，一个不给，一个坚持，一个劝服，两位豪杰争锋，相持难分高下，听得一场好戏演到紧要关头，喊声来了，近了，“咚咚咚”敲门：“妈妈！救救我！救命！救命！”

妈妈叹口气，开门，又是做坏事负隅顽抗落得个泪眼婆娑还使出苦肉计恶人先告状的情节。

“你怎么这么可爱？”妈妈问他。

他不言语，满脸羞涩。

有一天，他忽然开始正视这个问题了，略想想，摇摇头：“可爱，这个，我也不知道呢。”

他的回答诚恳真挚，反而是妈妈的问话多余了。

可爱，岂是由得两岁小宝操纵图谋的？那是不谙世事的坦荡，自由自在的真我，浑然天成的娇憨。

翰宝讲话有理有据，关关语出惊人。

翰宝至爱的迷你公交车，已经不见很久了。妈妈抬脚到关宝上铺横七竖八的玩偶里，收掉一些干透的橡皮泥，发现老虎肚下闪出来一辆车，这不是翰宝的车吗？一定是翰宝哪天得罪了姐姐，藏，以己之痛还及他人？

目光转向关宝，等一个答案。

“不是那样的！弟弟一玩公交车，就不理我，我把公交车藏起来，他就只能和我玩儿了！”

这，那……妈妈猝不及防，差点儿要夸关宝机智了。

“不对，也不能这样吧，你读起书来对弟弟不理不睬，那妈妈要不要把你的书也藏起来？”

“不要！”

“好，现在请你亲自还给弟弟。”

“妈妈，这么久了，他会不会忘了这辆车……”

翰宝正在餐桌前无目的地闲逛，不知准备前行还是后退，关宝把公交车交给他，他明显一怔。

半个月之久，许是真的忘了。

他忽而挑起眉，瞪大眼睛，激动到语无伦次：“我！我的！公交车！”

关宝感慨：“你看他！过去的记忆，像潮水一样涌上了他的心头！”

这样的好句，再藏十次也不为过吧。

“姐姐抢东西，姐姐又抢东西，姐姐还在妈妈的眼皮底下抢弟弟的东西！”翰宝自救心切，声嘶力竭。

这次，没等出面调解，姐姐迅速物归原主，哭声戛然而止，天骤晴。

肇事者心有余悸：“哎呀！二宝的尖叫太可怕了！就像谁把他的心头肉挖走一样！”

可不是嘛，那样子，真是疼在心里了！

爸爸昨夜醉酒，酣睡到中午，几拨儿人劝、哄、吓都用了，无效，连翰宝奶凶奶凶的喝令都无济于事，眼看到中午了。

关宝脸色凝重，探头进来：“还没起床？爸爸，你是粘在床上了吧！”

爸爸的老花眼闪出光，伸出大拇指：“诗的语言。”

遂清醒。

平生至爱两种话，心无城府的真诚挚言，语惊四座的连珠妙语，在两个宝贝这儿都收获到了。

悦之，纳之。

甜糖

写罢作业，妈妈要接关宝回家了，姥爷转移了翰宝的注意力，我们逃出门，在漆黑的楼道里唤出灯光，手拉手下台阶。

关宝的手指修长纤细，握在手里凉凉的，今天下午她和弟弟在地上摸爬滚打，玩疯了。紧握小手，传点温暖给这个小可人儿。

夜里 9 点 30 分了，路边在施工，围起的蓝色隔板和隔离带间只留了一个车道，没有挡回家的方向，可是，妈妈忽然想带关宝到对面吃点美味。

走人行横道不到 50 米的距离，过去，要与车争道；从施工处走，要走至红绿灯才能掉回方向，又绕了不少远路，忽然觉得无法无果地懊恼。关宝觉出妈妈的情绪，故作轻松乐观道："妈妈，这样也不错啊！正好可以呼吸呼吸晚上的新鲜空气，顺便锻炼一下身体。"

这丫头，反倒安慰起妈妈来了。

终于决定和汽车抢道，趁着车少，我们侧身贴着蓝色隔板向斑马线挪过去，一辆车远远过来，减下速度，等。

夜晚的风柔暖，薄薄的衣裳也不觉寒意，街上只有车影在路灯下闪将过去，行人极少。进了冷饮店，音乐和发酵了一天的热闹才扑面而来。

10 支肉串，一半辣，关宝取出明天的学习资料识背，坐一隅安静处。店家端上菜品，难免多留意几眼。

关宝心满意足地品味，两颊被竹签上的汤汁拉出几条油渍，像一只摇头晃脑的猫儿憨态可掬。很少带她出来吃这些，尽管知道她爱吃，又从没吃够的时候，但她从不奢谈，不像翰宝那么贪心。

翰宝往往给一颗糖果是不够的，他伸出手："要 3 颗。"第一、二颗抓紧了，第三颗也舍不得吃，同时还要防着姐姐来拿。

平分的唯一办法是石头剪刀布，两个人马上有了兴致，猜咚猜——最后那个字拉了长音，出拳更是慢了半拍，姐姐慢下来，要看弟弟出什么，好应对；弟弟也在学着姐姐的样子改，结果改不彻底，学也不像，终于还是姐姐胜了，两个都开心起来。

小孩儿，有几个不爱玩儿的？有几个不嗜糖的？

妈妈说起小时吃糖的经历，拿着白馒头蘸白糖，亮晶晶的砂糖粒沾满一个松软的横截面，咬来吃掉，人间至味——甜。还有呢，热气腾腾的白米饭，撒些白糖，糖很快化掉了，包在米粒上，米粒似也变得晶莹剔透，吃起来外甜里糯。关宝听得张大嘴巴，对那个按需分配，无所顾忌的时代生出了艳羡和向往。

她哪里知道，妈妈小的时候，白糖几乎是所有零食的替代品，蘸一点吮，抓一把吃。糖果儿，过年时才多些，富余出来的，年后被姥姥一颗一颗当作奖励发出来，一颗要存很久，吃掉也需用多时，那是苦日子里难有的甜。不像她们所得的甜味太多，得来的只是数字，少有惊喜，更难珍惜。

再回溯姥姥、姥爷的童年时代呢？生存都是难事，他们实属苦挨出来的。糖的甜，变成了苦的点缀。

苦日子里的糖和好日子里的糖，浓淡一定不同，回味起来也迥然，苦日子里的糖应是苦中的甘甜，好日子里的糖应是甜里有模糊的淡漠。

翰宝又来要糖吃了，他伸出两只手："多个，我要多个。"

谁家新燕

随小朋友闲逛。虽是夏天，但仍在屋里待不住，外面晴好，阳光炽烈，晒三五分钟太阳，又能转入一片树荫。

两个人百无聊赖地散步毕竟无所得，又没有带玩沙土的铲子。然而，几只燕子在面前忙碌来往，低空穿飞，擦过树叶，贴过地面，又滑空而起，旁边高阶上一处超市的屋檐下似乎有燕巢，何不带小朋友听听燕儿呢喃，识识它的模样？

谁知，那燕子贴近门楹径飞到超市里去了，我站定，等那燕被赶出来。但半晌没见燕子狼狈逃出，什么时候这堂前燕把屋里当成了寻常去处？

一步一步，小朋友赶着妈妈的脚步认真地上了台阶，妈妈关注头顶的事，他关注脚下的景，一只白色的小奶狗跃跃摇尾，迎向他。

我进门，看见燕子已经在屋里的一只简陋的吊灯上站定了，它头颈灵动，上下察看，尾巴也左晃右翘。

灯下是简易的货架，店不大，货物挨挨挤挤，穿插密实。我顺手挑拣点零食，一点一点地挪步，小朋友总是回头看着后面跟行的小狗，没留神，被伸出包装的菜叶袭过来，哼呀哼呀，不乐意。

看店的是老板娘，正和一位顾客聊得热络，从问询商品有无到最后甚至探问彼此的年龄，热络得像久别重逢的老友，之后什么都没买，笑脸告别。

“有只燕子……飞进来了。”我总还是想问个明白。

“嗯，刚住进来没几天，都做窝了。”老板娘很自然地答，仿佛住进来的不是一个异类，而是一个常客，或者说是家里本来的一员。

细看，果然，灰色灯罩上一圈灰色燕窝稳踞着，燕子守护在窝前。

难以置信。普通家燕只取一檐繁衍生息，且筑巢前也要细心考察环境：离觅食地远近，周围是否有天敌出没，若主人家乌烟瘴气锅盆乱飞，燕子是绝对弃住的。主人家定是好脾性，而这两只“登堂入室”，和人类同进同处凑热闹，也算是奇类异数了。

小店窗小，门前树荫遮盖，里面光线不好，阴处生凉，少了一些大超市纷至沓来的喧嚣，多的是一种我隐约熟悉的清爽。

像是小时常常暑假去的大舅家，环堵萧然，破旧木板拼起的木门吱吱呀呀响，一块块粗朴的凹凸不平的砖石自有一种被时间打磨出的积久的落寞，永远浸着一股潮湿的味道。整间土屋如一艘沉在回忆长河里的老船，摆渡了几代人湿漉漉的悲欢。炕上铺着的旧竹席偶尔扎出几根细刺，用手轻轻抚平后，躺下，局促的小窗外，夏的炎炎便与我无关了。

“应同避燥湿，且复过炎凉”，那燕子也应是厌了屋外几天持续高温，考察了老板娘的好性情，又看屋里温度舒适，最终决定，衔起第一粒春泥搭建在灯罩上……

晚上怎么办？总要关门吧？我知道，有人是连阶上的一处旧檐也不愿借给燕子的。何况是屋子，要带来多少不便。

它们天快黑时就回来了，天冷也不出去，每天早晨 6 点要过来给开门，出出进进，可准时了。老板娘说来，一脸的宠溺。

另一只燕子飞回来了，两只碰了个面，耳语几声，遂安静下来。将繁衍后代，它们应该每天都在稳固巢窠，不久后，一队小燕子排排站，张大嫩黄的嘴巴等着父母衔回的餐食，想来，那时这个小店更添一些热闹生趣。

和老板娘聊天儿时，翰宝小朋友正被那只萌宠追着绕着货架疾走，小狗不到两个月，懵懵懂懂地识物认人，它嗅着气味跟进，翰宝躲躲闪闪，一边嘟嘟囔囔：“狗狗不邀（咬）人，不邀（咬）人。”

两个宝贝从生理年龄上讲应差不多大，只是占据高位的关宝反而少了一些胆量和气度，想亲近，还是矛盾，还是惊喜，还是逃开。希望他长大之后，也能学会善待这些美丽的小生灵。

外面行人往来，不耐烦的汽笛声，工程车作业声，这个小店，仿佛离这些现实甚是遥远，退守在世界安静的一隅。

作画：关关

成语歪解

一

翰宝喜欢狗，准确地说，喜欢叫狗狗。极远的，人行横道口，一只小狗陪主人过马路。

“麻麻（妈妈），狗狗，狗狗！”哎呀，叫狗狗比叫妈妈发音都标准呢。

路上一只流浪小狗，妈妈没有看到，翰宝用略带磁性的沉声提醒：“麻麻（妈妈），狗狗！”在妈妈抬头寻找的一瞬间，那只小狗溜进更远的人车交汇处，失踪不见了。

初夏的傍晚，一家人散步，风大，一只小狗在路边坐立，表情凝重，狗毛翻飞，迎风的一只耳朵被吹得竖起来，尾巴自然地搭放于地，在思考什么。

翰宝从它身边路过，对暗号般：“狗狗。”

狗听了呼唤，思绪回转，凑过来。翰宝没遇到过这样的情况，惶恐地张开双臂紧抱妈妈的腿，又一点一点乖巧地挪到妈妈身后。

关宝哈哈大笑："翰宝，你这是叶公好龙吧！"

二

翰宝又惹姐姐生气了，妈妈切好凤梨："来来来，关宝拿一块儿。"

关宝拿到后没有塞到嘴里，反而到翰宝身边，翰宝自然要，姐姐幸福感爆满，一口吃掉，看着弟弟，坏笑。

妈妈也参与，坐在旁边，看好戏。

翰宝却学了姐姐吧嗒吧嗒嘴，一咀一嚼中仿佛嚼出凤梨的甜美，挂着笑的幸福感不亚于姐姐的。

关宝见未得逞说："哼，二宝，你这是画饼充饥吧。"

在妈妈看来，翰宝表现得极好，关宝总结得极妙。

三

说起叶公，那个很老很老的叶公藏在帘帷后一脸惊恐，看着被感召从云霄之外飞来的龙张牙舞爪。众人帷幕外哂笑，笑叶公平时"钩以写龙，凿以写龙，屋室雕文以写龙"，实则是徒有其表，口是心非罢了。

其实，不避危险，见到危险却迎前上去，那才是没有分寸。有多少事物只适合远观而不可近玩，庞然大物面前，换作谁能镇定自若？

再说那个面容枯槁的画饼充饥者，一没偷窃，二没抢掠，身处困顿穷厄中仍然注重精神胜利，自我疏解，至少没有输了底气，也很难得！况且，当年曹孟德不也在长途行军中，为解将士之渴意，构思了一片梅林吗？孟德欺人能被人称道，小人物画饼充饥为什么便要为人不齿呢？

此，妈妈之所得。

夏天的故事

“妈妈，这是一只什么颜色的蝴蝶啊？”两岁半的翰宝拿姐姐的一幅画来问。

“这是一只，白底色、粉色圆点的蝴蝶。”妈妈尽可能用详细准确的词汇描述。

“哦，那就是一只花蝴蝶嘛！”

“那个，嗯，也可以这么说呀。”妈妈略慌张地应对。

这小子，明知，还故问。

最近妈妈的词汇无所增长，翰宝的语言一天天进步了，怎么表现的呢？

一首《两只老虎》的歌词，他能翻新出几十个版本。

“两只姐姐，两只姐姐，真开心，真开心，一只没有……两只哼哼，真哼哼，真哼哼，一只没有哼哼，真哼哼……”

这是什么词？

一只毛绒考拉在妈妈手上欢腾：“翰宝，我可以成为你的好朋友吗？”

小朋友羞答答地点点头。

“那，抱抱我吧。”

小手揽过来，轻轻的一个吻印上去，遂不再放手。

一只小猪打远处来，呼哧呼哧地叫嚣：“我要吃掉那只考拉，它是我的猎物。”

固有的男子汉气概陡然澎湃而出：“不能！不能吃！”

“可是我想吃。”

“不能！”翰宝仿佛披了一层母性的光辉，神态凛然。

“那好吧，如果送给我吃，我就给你吃棒棒糖。”妈妈都受不了自己的坏了，怎么能用这么世故的办法检验单纯无邪的宝贝？

“嗖——”考拉被扔弃到小猪身边，翰宝凑过来，已经口水涟涟地期待“好朋友”被吃掉，期待一只棒棒糖砸出来。

管他什么仁义礼智信，喜不喜欢也就是一念之间，自己快乐才是正道！

所以翰宝常常会让妈妈被动。

某一天在购物架前，他大喊：“妈妈！我要这个！我要这个！”

“要什么啊！”刚刚被妈妈从橱窗口那辆超大号的遥控喷水车旁边拉走，进了超市，又要什么？！

左边是翠绿的香瓜静静含香，心形的妃子笑荔枝毫无笑意，讷讷地看。电子秤前，一个身高与翰宝相仿的小男孩儿躲避翰宝任性的索要，他的妈妈狐疑地看过来，小男孩儿两手空空。

“什么？小朋友没有玩具呀！”

“车车！”

再找，发现小朋友那白色防晒服上有一辆辆红的、黑的、蓝的小轿车。

“这个不能要！”妈妈好笑又好气地示意小朋友，一把拎走这个无赖小儿。

翰宝的贪欲真是无孔不入啊。

他把图书封面封底边边角角印的车的图案搜罗来，说：“我要这个！”

马路上停着工程车、挖掘机、翻斗车、轧路机，车主还在上面坐着呢，他就敢说：“我要这个！我要带回家——”

最怕的是他对书发问：“那是一本什么书？”“那是妈妈突发奇想买的《幼儿认知小百科》。”“小百科啊！”书上的车辆密密麻麻、纵横交错，好多好多。

他要盯紧一辆一辆地核对，几路、颜色、车型，他开始给它们编排，第一天编是费力的，更费力的是要第二天还记得第一天编的那些名头内容！

散步到秋千架，妈妈在左，翰宝在右，并排坐下，微风轻轻，秋千不高不低缓缓荡。一个小女孩儿跑来，抓着竖杆排队，漆黑的眸子嵌在白白的脸蛋儿上。

“你想荡秋千吧？”

“嗯。那你背首诗，阿姨就让给你。”

翰宝听到“诗”这个关键词，扭过头来凑热闹。

呵，这孩子是幼儿园中班的模样，没想到，背起诗来和妈妈身边的翰宝一样声韵缥缈、七荤八素。

两个小朋友你一言我一语地接。

“千山鸟飞绝，万径人踪灭，孤舟……”一些词被奶声奶气的鼻音吃掉了，一些词行至半路被风带走流落到云端。

诗里那些不得济世的悲凉，故作深沉的痛惜，大庇寒士的胸怀，历史的虚无，甚至现实的虚空都与荫翳树影下的小儿无关了。

刚刚合上一本李修文的书，刚刚观完一部重刷几遍的电影，刚刚走出马原的那个“桃花源”，再转入他的生活，那些“刚刚”忽然变得模糊不清。

我的眼前，我的夏天，我的世界，只有他，只有他们，如此真实。

第四辑

鲸歌清越

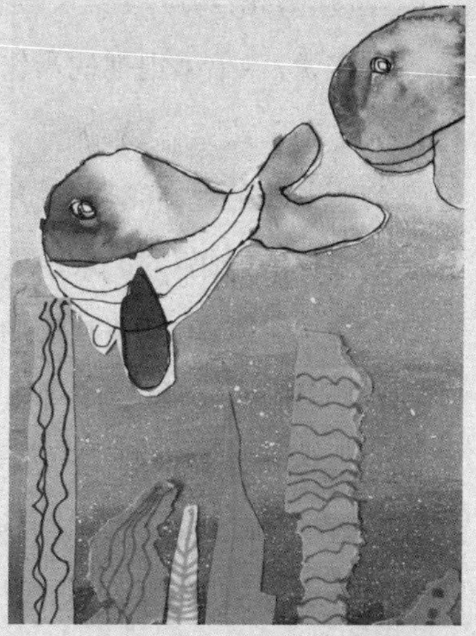

作画：翰宝

两岁半的套路

知道爸爸把两个宝贝留在家，妈妈吓坏了，一个接一个的电话打回家，无人接听。遂又开始脑补各种可能，越想越怕。

返家路上，第七个电话终于打通了，问在干吗，弟弟乖不乖，有没有做什么危险的事。

关宝笃定地答："没有，因为在玩有趣的游戏，所以没听到电话。"

"玩什么呢？"

关宝说："弟弟把抱枕当作小船，地毯当作河海，他们在船上躲避鳄鱼，特别开心。"

旁边的弟弟也在嘟囔："开心。"

关宝提醒妈妈："回来要带礼物哟。"

旁边弟弟附和："要礼物哟。"

姐姐说一句，翰宝在身边就重复几个尾字，像落在山谷里的回声。弟弟的很多动作和声腔，是依着姐姐而生的，同时，又有自己经营出的小谋略。

有一天，去楼下散步，顺手给两个宝贝各买了一盒奶片。离睡觉时间尚早，就且玩一小会儿。

妈妈坐在路边椅子上，看姐弟俩在空置的岗亭里玩过家家，岗亭一会儿是避风所，一会儿是甜品站，等弟弟的奶片吃完，姐姐还在一颗一颗慢慢含化。

晚上过了 9 点，一手一个牵回家。

第二天，姐姐还没起床，翰宝起来和妈妈在餐桌前开始漫无边际地聊天儿。直到他看到姐姐剩下的零食奶片。

“这个是甚（什）摸（么)？”明知故问。

“是姐姐的好吃的。”

“那喔（我）的哪儿去啦？”再明知故问。

“昨晚都被你吃掉了。”

“这就是喔（我）的！”要赖原则。

“姐姐的。”

那边，他刺啦刺啦已经开始拨出来了。索性不管了。

“关宝！起床！”妈妈知道已经护不住这奶片了。

“姐姐在谁（睡）觉呢，嘘——”翰宝竖起短短的食指碰到口水唇上。

“关关——”

“嘘——”他皱起眉示意，又低头加紧剥出一个奶片。

妈妈忽地懂了，这哪是关心姐姐，是明显的欲盖弥彰做贼心虚。

关宝从卧室里半眯着眼踱出来。

“给——”那奶片被刚刚还诡计多端的小子双手捧到姐姐手上，然后这个心口不一、见风使舵的小男子献上谄媚的笑……

妈妈啧啧称奇，真是一物降一物。可是口水涟涟，实属不忍。

“赏他一颗吧，可以再买给你。”

“不行！”仿佛，关宝捍卫的不是奶片，而是权利和地位。

“那，翰宝，如果你有好吃的，给不给姐姐呀？”

翰宝收回馋眼，清醒明白地答："不给！"

"啊……"给个台阶下，结果这不晓事理的家伙又蹿高台了。

"翰宝，你看，现在好吃的在姐姐那儿呀。"妈妈乱眨眼，给个两岁的娃使眼色，岂不是空想？

翰宝看向奶片，忽然认清形势，顿悟："给！"

为时已晚，姐姐扔下一句"他从来说话不算数"，翩然而去。

关宝并非虚言，如今的翰宝已不是过去的翰宝了，妈妈即兴作打油诗一首为证：

小时不识假，常被姐姐吓。
如今玩套路，不比姐姐差。

有一次在体育场买弹力球，自选，翰宝纠结一会儿，挑走了足球，关宝拿了篮球。进了体育场，弟弟已经把姐姐手里的换走了。

关宝表示不开心，3 个人遂约定从翰宝手里诈出篮球，看谁可以做到。

爸爸先来，带着对小朋友明显的小觑："给爸爸，爸爸给你棒棒糖，一会儿回家就买。"

"哼！"

物诱失败。

姐姐接力："给姐姐，一会儿出去别被坏人抢走了，姐姐保护你的篮球。"

"哼！"

恐吓失败。

妈妈势在必得："男孩儿跑得快，踢足球，女孩儿跳得高，玩篮球。"

"喔（我）是女孩儿！"此处已无话可接。

怎么办，再买一个？总不能让关宝受委屈吧。刚到店门口，弟弟幡然醒悟，忙不迭地说：“关关，关关，给，给你。”

作何解？

只有姐姐知弟弟，郁郁地撇着小嘴：“看见了新的，当然要把旧的塞给我了！”

领教！世上最深的原来并非川泽湖海，而是“套路”二字。

打针

打防疫针，是所有孩子的噩梦，对关宝也是，连哄带骗地带她去社区卫生站，她挣脱掉，跑出去，再进来，便是难上加难了。

后来，读了一些育儿书，学习帮助孩子克服恐惧的方法。比如，要正视疼痛，大人不要去骗孩子说打针不痛，也不要提前表现出紧张让孩子更紧张。

妈妈试过说："关宝，打针不是你想的那么疼，就像你不小心摔倒，这样的疼很快就会消失。"

没有用。说教最终都变成强制。

关宝知道，无论说得多好听，那枚细尖的针就在那里，那疼痛感只能她来承受。

好不容易，姐姐挨过了打针的年龄，弟弟又该以身试险了。

关宝很兴奋且好奇，刚刚抽身逃出困境，胳膊上的痛感似乎还在，种种退缩记忆犹新，变身看客，坐观弟弟重走故径，不知他慌张失态的样子有多好笑多夸张呢。

甚至，她想请假去参观。正是周二上课日，这个要求自然遭到妈妈的拒绝。

那天上午，关宝想来是如坐针毡，猜了一个上午，中午回家迫不及待地问翰宝怎么样，表现好不好。

当然好了，他打的虽不是第一针，却和打第一针一样。被带进，坐下，小小臂膀被穿白大褂的阿姨拉过去。他抬头观察阿姨，略羞涩，略害怕。

这时，一针轻轻的刺痛感，他想咧嘴哭，那痛又倏忽飘走了。在新鲜面前，哭也是来不及的。最后，翰宝载誉而归。

妈妈以为，翰宝，勇者是也。

关宝得知，怅然若失，又撇撇嘴，不置可否，不做点评。后来，翰宝见识略丰，陌生变成了熟悉，懵懂之后，危机意识也悄悄在翰宝心里萌发了。

某一天，他被姥爷、爸爸带到了最初创造奇迹的卫生所，竟认出那打针阿姨的行头，扭头就走。溜走时因为慌不择路，找不到楼梯口，被追过来的爸爸拦腰夹回，终于挨了那一针，懊恼的哭声让别的宝宝忘掉了自己的痛，都来围观他的声势。

爸爸和姥爷发愁，这个表现，下次打针怕是难了。

不止下次，有一天姥爷买了新裤子，要去裁裤脚，姥姥和翰宝陪同，刚进那裁缝店，翰宝失声痛哭，众人莫名其妙，不知道他为什么这么激动。

裁缝阿姨说："我衣服上的老虎图案吓着他了吧。"

"不可能，真的老虎在跟前，他也敢摸摸老虎屁股。"

"那是？"

姥爷忽然瞥见缝纫机上插的银光闪闪的针，是了，就是这个。

一朝被针扎，十年怕寒光。

关宝知道后，满足得很："翰宝，你是不是个男人？打针哭，看见针也哭？"

这句台词，姐姐准备好久了吧。

丢手绢

时间正好，正是不用上班、无作业、无网课、无兴趣班，无所事事的晚上。

晚饭后，妈妈、爸爸带着两个小朋友去散步，奔进渐浓的夜色，走向仍然喧闹的体育场。

关宝后悔没骑自行车或平衡车，甚至连足球、沙土铲车都忘记带了。

没事，你没看到吗？在操场跑道暴走的多是胖胖的阿姨、叔叔，地狭人稠；操场中间几个足球队队员身形都是瘦瘦的，动作夸张，不可接近；带玩具的宝宝呢，他们的爸爸、妈妈在刷手机，宝宝们只能自顾自玩。

来，不如就把妈妈儿时的游戏拿出来，重温一遍。

4 个人找到绿地的一隅，妈妈做丢手绢的人，其余 3 人围坐成三角形，没有手绢怎么办？拿随身带的水杯套替代。

几圈下来，“手绢”扔给了谁，关宝从来是第一时间警觉；爸爸做稳稳被抓的那一个，被罚表演节目时又反复推托，总让翰宝代唱，后者又极没道行，唱的都是道听途说的歌曲串烧；丢给翰宝更不用说，白费心思，他要么是被抓，亮出遁逃术，搭配反擒拿术；要么随意丢了“手绢”，不知所措，到处扑人，眼看着把妈妈童年的回忆演绎成了闹剧。

关宝一边抱怨弟弟傻气，一边又耐心地解释规则，然而，还是讲不通。

是的，这么小的时候，万物皆有之处，自己才是规则呢。而原模原样地丢手绢，要回到多年前重温。

虽然那是零用钱匮乏、零食单调的年代，好玩儿的游戏却从不缺席：打宝、斗鸡、升级、冰棍化了、三个字、狼来了、跳皮筋、拍纸片、弹弹珠、跳方格、抬轿子、翻花绳、丢沙包、滚铁圈……

哪像关关，一个老鹰捉小鸡的游戏，从幼儿园玩到了二年级，不同的是，角色从小鸡变作了鸡妈妈。

那个年代丢手绢，是丢真的手绢，那时大多人兜里会有一块叠得四四方方的小手帕。做游戏，先找一块平整的空地，众人手拉手围成一个圈，后退，等圈足够饱满，松手，就地而坐。

游戏开始了，丢手绢的小伙伴交错迈开“骑洋车”的大步，手绢呢，有时紧紧攥着，故意连一个布角都不露出来；有时还会揣到衣袂下，一边下巴微扬，两眼前视，一边还留有余光，打量坐卧难安的伙伴，寻找目标。

待手绢丢出手，既装作若无其事，又露出诡诈的笑容，虚虚实实，让对方摸不着头脑。对方不可因为忍不住，回头探看，那就违规了。只能凭猜测，凭细若游丝的第六感，识别丢的人步履忽地变匆忙，感知后脑勺那掠过的风声忽而停顿。

想想那时，坐等的人又是多么矛盾啊！一直紧跟的那一颗心飘忽难定，怦怦乱跳。既不想只做一个看客，想被丢到，又害怕被抓，在众目睽睽下表演节目，表演不好，还被笑话。手绢落定，发现得早，还能及时暴走，躲避惩罚。再迅捷一些，没准能抓到那个丢手绢的人，反败为胜。希望和失望常接踵而来。

游戏如人生。

多年以后才发现，这样简单的游戏，竟也包含着很多的人生真谛：

机会和厄运不知哪一个会到来，旁人多是秘而不宣的观望者。

有时，一直期待的美好，觉得遥不可及，可能只是一个转身的距离。

变局来的时候，你是被它扼住，束手就擒，还是顺势而为，成为整个局面的主导者？人生如游戏，宝贝们，你们自己要足够清醒、警觉、勇敢才行。

来，我们再玩一个捞鱼的游戏：一网不捞鱼，二网不捞鱼……

手牵手　自己走

关宝，妈妈来告诉你。

从姥姥家南行百米多，有一座红砖垒砌的高高擎起的圆形水塔。那座水塔是一个方向标，每每有客人寻不到姥姥家，打电话或是路上遇到故交问姥姥家住址，总是说：就在水塔后面，一直走，一直走，就到了。

直走能到姥姥家，还能走到大片大片的麦田和油菜花地，最美的夏天，老火车抽着烟斗从黄色、绿色、蓝紫色的原野呜呜驶过。

那座塔虽然叫作水塔，可妈妈从未见过水的痕迹。十几年的求学路上，也没有亲近过它，总是在刚刚看清了至高处银色的钢筋架台、挖开墙体嵌入的门牖、一架连接两处的简陋的铁梯后，忽然，脚下又要西转，进入另一条宽巷子里。

那条宽巷子更齐整些，巷子一边是些华丽的门楣，靠门的两侧墙镶嵌着“人迎福禄”“山河新颜”一类的瓷联，一边是前排人家的墙靠，大片的瓦红被泥瓦匠勾出的铅灰切分成清晰精致的长条短块，规规矩矩的方形窗开在上方墙体一侧。整条巷子整齐却无甚风景，只在门旁屋后挤些纤弱寥落的野草。

再行近百米，南转，是一条笔直的水泥路，这儿离镇中心和人群也更近了，灰扑扑的路西边是公安局的东院，警察牵着的警犬常常在院里撒欢儿，向西转，到一条开阔的主路，路北是公安局西院门，常有穿制服的人员出入，一副深沉疾走的样子，像是脑子里装了某本罪状，锁定了某个嫌犯，破获了某宗凶案。

这条路上有妈妈的旧日小友曾阿姨家，曾阿姨家有层层深进的院落，我们几个下课常去玩抓骨码，从放学抓到天色墨黑。有杜叔叔家，杜叔叔是妈妈的小学同桌，我们相处甚是融洽，向来同难同福，杜叔叔曾租借给妈妈一本书，因妈妈晚还了两天，索要赔偿。后来，把姥姥家柜门上掉下的金属饰物抵给了他。

到十字路口，就是牛奶场了，真奇怪，说是牛奶场，却不曾见牵出过一头牛，成桶的牛奶更是没有，想闻闻牛乳飘香，却只有干燥的空气里扬起的让人掩鼻的尘土，前赴后继的尘土向四周无尽地蔓延。北面是火车站，西行是去小学的路，南向是姥爷、姥姥工作的地方，也是妈妈就读过的中学。

妈妈上小学时，下课，要穿过三条纵横的路步行到姥爷工作的中学，坐姥爷那没有挡泥板的、嘎吱嘎吱响的自行车，跨腿上后座，扭身变倒骑驴的造型，背靠着姥爷宽厚的背优哉游哉地回家。

后来有时一个人来回，那时，朝暾未现、星斗尚明就步行上学，天色黑尽、灯火寥落后才归来，偶尔害怕，却从未畏葸不前。

可是今天，关宝，妈妈这么焦灼地等着你们，在小区入口的长椅上如坐针毡。

刚刚交给你 100 元，要你去买零食，原则是一不能挑垃圾食品，二不能超过 10 元钱，三要带上弟弟，四找的钱全数拿回。

没想到散步后还有这样有趣的安排，夜里 9 点 30 分，你眸子里亮出惊喜的光彩。信心十足地保证后，随即拉着弟弟穿出侧门，东行去超市了。这是你第一次独自带着弟弟，离开妈妈的视线。

一定没问题，妈妈宽慰自己，想起小时候走过的那些左拐右折的迢迢路途，相比之下，你们面对的路程只有 50 米，况且平常到这个时间，超市购物结账的人也不多，不至于被人流冲散。

这样想着，起身又赶进超市。收银员守着机器清点购物凭条，两个宝贝隐身在高高的货架中间。只有 10 元钱，水果是断然不会考虑的，零食区货架垃圾食品太多，几乎都要排除，可也是最馋眼的地方。

果然，你们结伴走出了零食区，手上空空，你还给哼哼不满的弟弟解释，那些是垃圾食品，不能吃，吃了会如何，看看就好了。接着转战冷藏区，挑了一袋奶酪棒，到收银台结账。

两个略带胆怯的小人儿守着高高的柜台，一个小胳膊平放玻璃板上，认真地等阿姨扫码，一个怎么踮脚也看不到，溜达到旁边玩栏杆，你们不知，身后是在另一个出口躲着的妈妈。结账的阿姨看到了，很快知晓了意图，眯眼笑，问几岁了，你如实答，又命弟弟过去表演才艺，乖乖小弟背出《古朗月行》，博得阿姨粲然一笑。

超过 10 元，超过规定，交易没完成，又要回去重新挑选了。妈妈的心此时安定下来，往回走，坐在椅子上等。

等两个精灵带着战利品一前一后雀跃回来，争相对妈妈讲述这 50 米的路上和那个偌大的超市里发生的新鲜事，讲这一段好玩儿又刺激的经历。

妈妈在等。

等着你和弟弟长大，慢慢收起对世界的惧怕、担心。

等着你们收藏曾经载满快乐的小路，去选择千千万万种路，手牵手，自己走。

彼心我心

阳台闯进一只小麻雀，扑棱棱地在窗户上乱撞，伺路逃出。

它的眼里，玻璃外面的阳光可见，树木可亲，只要一直飞、一直冲，总是可以破出一条路的，可纤细的脚爪到底攀不住玻璃，一次次滑跌下去。

其实，之前也有这样的不速之客闯进来，许是经风久吹的PVC板在里层一处为它们悄悄开了小门，它们来躲避风雨，许是它们只是抱着乘凉歇脚的念头背靠窗户，没想到闪将进来，做了一只惊惶失措的笼中鸟。

这一只，慌不择路时，姥姥、姥爷和两岁半的翰宝就在阳台门口看着。

阳台要拆掉重新维修，还要考察一下，算算成本，正好遇到这个可怜的家伙。

姥姥、姥爷眼里闪出喜悦的光。大约50年前，姥爷有个好身手，攀爬村里高墙如履平地，哪棵高树有几个枝丫烂熟于心，在发现村里没什么可玩儿之后，姥爷又带着“小兵们”杀到村子周围草地里找鸟窝，抓小鸟崽，掏鸟蛋玩儿。姥姥呢，虽然不一定会上树，但一定吃过鸟蛋。

抓来的小鸟怎么玩儿?

找根绳子系在爪子上，任鸟在那端突突地飞起，再掉落，上天入地，要比遛狗有成就感。

如果是好脾气的画眉鸟和百灵鸟还能养些日子，如果是麻雀，会气鼓鼓地整天不食，所以一两天后，定会还那雀儿归林的。

过去的年代，虽物质匮乏，孩子的童年生活却无比丰富，大自然是一个取之不尽的玩具库，供欢跑的孩子挑选。冬天大雪白茫茫时，牵绳套兔；深秋时节，在漫山遍野的草丛中拍蚂蚱；盛夏，一群小伙伴儿守着山脊圆圆的土洞抓地松鼠，那是最喜人的宠物。

3人观察阳台里的这只雀已经很久了，终于，姥姥发话了："抓住哇，给二宝玩儿。"

为了博外孙欢颜，姥爷难得附和，赞同地点点头。阳台围捕行动开始了，姥姥负责堵出口，阳台空间虽小，可雀儿的身形更小，它可以躲在任何一个角落，贴角顶子上，尖细的画架杆上，转而又被长长的笤帚挥下。

姥爷很努力地疾抓，前扑、探取、偷袭、围剿，有几次快要抓到了，雀儿又擦过鼻梁轻点发梢闪逸了。

"不要，请不要这样了！"翰宝观看很久后，开了口。

姥姥、姥爷从鏖战中抽身出来，一脸不解地看着外孙。

"小鸟想妈妈，好颗（可）怜呀，打开窗糊（户），让她回去找妈妈。"

这句话比公益广告里的"保护自然，人人有责"不知有效多少倍，捕鸟计划因此临时变成了救鸟计划。

事后，姥爷在电话里给爸爸讲了这件事，姥姥在微信里给妈妈说了这件事，言语里都掩不住对外孙心底无私、本性善良的赞美。

其实，孩子怎么知道什么是善良呢？为博外孙一笑，姥姥、姥爷费尽心思，爱之切切明白可鉴。

旁观的小朋友又是另一个角度，看出鸟儿的惊恐不安，彼心我心，他应是忽然想到了自己。

常有的，妈妈准备上班，他搬了一个小凳子稳稳坐在一边防范，像看守易丢的宝藏。为调虎离山，姥爷喊他去玩儿，姥姥给他美味，他都不为所动，屏蔽了所有诱惑，可最后，妈妈还是跑掉了。

一声门响开启了他泪水的闸门，一切努力的布设前功尽弃，他在门里懊恼无助地大哭，试图挣脱出门随妈妈上班，那样的忧伤是不是像极了这只雀儿的忧伤?

有言：能站在别人的角度为他人着想，这就是慈悲。难得的是两岁半的嬉戏孩童，由己之心观照到彼之心，读出了生灵的苦恼。

雀儿回归了自由，展开平翅滑进低矮的灌木中，它要在那儿安抚惊惧的心脏，再啾鸣于夏荫。

翰宝的纠结也暂时消除了。妈妈终于从工作中抽身出来，7 月和 8 月，可以好好陪在他身边了。

聊聊饭的事

总觉时间太匆匆，刚送神兽归校，抑制不住欢欣雀跃，足之蹈之手之舞之，忽然，一个回头，神兽已忍不住满面的狂喜笑颜，还故意皱着眉头：“妈妈，我们放假了，真是舍不得离开学校呀！”

妈妈再问：“老师忽然宣布这个消息，班里小朋友有没有很开心？”

“当然！整个楼层都像爆炸了一样！”

哎哟，这“爆炸”两个字在关宝嘴里，真是气势骇人呀！

对妈妈而言，放假的好处是，早餐可以晚些做，接送不用赶时间，还有，饭桌上的聊天儿主题也能变变了。

“今天有什么开心的事？”

“王治杰把足球踢到树上去了，拿不下来了！”

“有什么开心的事分享一下。”

“王治杰今天又把另一个足球踢到树上去了！”

“开心的事是？”

“王治杰今天也把篮球踢到树上去了！”

妈妈总结课间画面：课间 10 分钟，全班同学组团去大树旁看王治杰同学一个人去踢“高射球”。所幸，单调而惊险的踢球事件终于暂时告一段落。

还有，还有不能忍的。

毛毛虫成长的季节，年级组团抓毛毛虫；雨后，以班级为单位进行抢蜗牛比赛。中午大家用一片树叶载回战利品，一边吃饭，一边照看那些软体动物。

翰宝总是跃跃欲试，为蜗牛抱不平，总想抓住了，把它从壳里救出来……

放假这一天，为了配合小神兽的心情，爸爸、妈妈装出欣慰快意的样子，举家出动，寻旧时去处，庆贺一下。

常去的那个精致小店因为偏僻，生意不佳，门上锁，贴通告：此房出租。

辗转下家。一切妥当。举起庆祝的酒杯，琥珀色泽甜香的餐前酒在午时光影里随着耳旁的钢琴曲摇曳，开场。

自然少不了回顾过去，展望假期。翰宝放下了刀叉，举起小勺对着美食犹疑不定，“咔咔咔”不合时宜地敲出了乱节奏。

眼看妈妈无可奈何，关宝为弟弟圆场：“外国人吃饭真麻烦，礼仪上这么多规矩。”

来，来，妈妈觅到了好时机，聊聊饭吧。

“说起礼仪，中国可是礼仪之邦，坐姿有好多种，叩拜有很多种，就连称呼也讲究礼仪。比如称对方的女儿为令爱，儿子为令郎，母亲为令堂，父亲为令尊，不能指名道姓。”

关宝认真听时，翰宝早已缠着爸爸出去数汽车了。

“可现在，很多传统的礼仪都消失了，就连说话交流也变味了。我去——这是什么话呀。”

关宝掩口笑：“还有呢，我们班里有人总是说‘我靠’……”

“对啊，这叫什么语言礼仪？”

关宝肯定地点点头。

“那么，你以后打算怎么做去改变这样的现状？”妈妈想要拔高关宝的责任感，但下力有些猛了，易让回答变成流于形式的空洞总结。

“要想改变世界，先要改变自己，我先争取自己不说这些。”

这个回答，对比出了妈妈虚妄的目的。

“其实还是要学会尊重人，尊重我们的传统，比如我就觉得鲁滨孙做得很好。”

“嗯，何出此言？”妈妈的思维跟不上了。

“鲁滨孙的船出了事故，他没有穿死去同伴的衣服，因为他尊重陪他一起度过时光的伙伴。”

哦，还有这个情节？我要回去再温习一下。

“那怎么避免这样的现象呢？”

“习惯很难改变，因为大家都在说。不过这也不算什么，也许很多年以后，后代的人会把现在的话当作传统文化，然后他们还会发明更粗糙的语言。”

“唉！这个……其实……也未尝不可……”妈妈明白，青年人既善于接受，又善于摒弃，也善于创新。

“那现在总得做点什么吧。”妈妈不死心，还是想听到一些积极具体的举措。

“很简单啊，比如可以给领导写信，让他通知一下大家……”

“啊呀，哈哈，你这个想法真是……”

聊天儿以这样的愿景画面结束：广袤的村庄，某领导对着裹着红布的老式麦克风，清清嗓门，喊：“乡亲们啊，有这么个事……”

若能如此，“喜大普奔”。

藏起来的时光

捉迷藏向来的规则是先面对墙或门立定，再横起胳膊遮住眼睛，数数字。

范围大，数 100 个数；范围小，就像在家里，数 20 个数就好了。而且 20 也是翰宝所知道的极限数字了，再往上数呢，就变成了一十一十地数，100 以上便全都是胡话了。

妈妈扑在门上数，耳听后面一大一小的鞋子“哒哒哒”，大的那双沉稳一些，小的那双急促一些。一定是这样的，关宝在前，后面是一条小尾巴。

那条小尾巴跟着，喊着：“还有我呢，还有我呢！”

“哎呀！不要跟着我，跟着我，又要被妈妈发现了！”

妈妈得意地笑，捉迷藏的时候，想甩开这小尾巴，岂是易事？之前，他的本事还不大，轮到他藏时，总要紧捂着自己的小眼睛，好像眼前变成一片黑，全世界都被他藏起来了似的！

现在，他悟清了，却常常粘在战友身后，一起躲，还要迫不及待好心好意地主动上报藏身之所，可怜了和他一个战壕里的战友。

关关深谙他的脾性，果断拒绝。

数完 20，回头，看见小拖鞋摆在妈妈的正后方，鞋头冲的方向是厨房，那是关宝的瞒天过海之计，此时，她正在厨房以外的一个角落屏息消声。客厅一处沙发后，翰宝露出头等待被发现，等待惊喜。

唉，这两个宝贝，一个以被人找不到为乐，一个以被找到为趣。

妈妈小时候经历过的捉迷藏，不是在这方寸之所，而是在天地之间，最美最热闹的秋色里。那时住的虽是城镇，却处在郊区，所以多了些乡村的风物。

芒种前后，小麦被农民用马车拉走，丰美的原野变得更加广阔苍茫。白天，炎炎烈日下，均匀铺展的麦粒静静躺在平整的麦场上裸露沉实饱满的身体晒太阳浴，把身体一面晒成古铜色，再被耙子翻个身接着晒，如此三四天后，麦粒变得干燥坚实，收麦入仓。

那是夏天的夜，星光低垂在麦场，月色勾出麦垛的轮廓，四围中间平整的空地上反射出暗金的光，黄昏前翅形的大扫帚带走了饱满的麦粒，午时翻晒麦粒的农人已经转入酒场谈笑酌饮。白天拾取碎麦的鸟雀已经退场，蟋蟀百无聊赖的叫声远远近近，如果在发黄的诗篇里，这绝唱定是夹着几分凄凉，可这些并没有唤起我们的悲伤。

现在，这里是我们的乐园。

爬到高高的麦垛上，玩蹦床，几个伙伴跳累了，躺在上面看星星，倾谈今天哪个游戏不太好，商量着明天怎么玩儿。还没有唤我们回家的动静，六七个伙伴儿忽然决定，索性再玩个痛快，就把这麦场当作界线，玩捉迷藏。

有人就地取材，展展身体躺下，以麦秸为被；有人滑下麦垛，拧拧后背，一个猛子扎进去，形成一个天然草木洞府，鼻息之间是略略潮湿温热的草木香。等，等那个寻来的人，窸窸窣窣地摸过来，呼吸都要停了；或者钻进对摆成“人”字形的麦捆，麦捆间隙仅容一人，但足够深，几个人藏身里面窃窃聊天儿，有时被发现，一抓就是一串儿。

月亮悄悄移步到更高处，仿佛也要在这迢迢的距离中寻到我们的藏匿处，星儿早已看到，故意不言，挤着眼睛。

这样的游戏终要等母亲来唤停，当一个喊出了乳名，另一个也忽然想起野出去的孩子，从与邻居热络的聊天儿中走出来，就这样，一声一唤，把散落在草场的我们都牵回家。

这些欢乐偶尔会如清脆的笛声在燥热的午后、寂静的清晨，夹着温婉的风儿拂过耳旁……

“妈妈，我在这里！”翰宝从窗帘后跳出来，主动投诚。关关还在另一处藏身，暗暗庆幸自己单独行动。

今天，陪两个宝贝游戏，在他们的成长里，我找到曾经的自己。似水的流年宛若天上的云线，丝丝缕缕，若隐若现，飘忽不定。而那些悄悄淡去的过往，藏在偶尔闪出的银发上，闪在想起又模糊的面目里。

时光啊，它们，不也在和我们捉迷藏吗？

作画：关关

为关宝挑本书吧!

书店和书店里的图书越来越多了，单人的成名作、精选篇、自选篇可以占满一列格子，名家联名重磅推出的图书在显眼的位置摆放。

想起关正文的话，所有的书中，有90%是不值得一读的。那么，眼前看到的这些，10%可去亲近，剩下的大部分，终将敌不过时间，在记忆里展现，继而碎片化，最后失踪。

就像一个人的气息，孩子依赖你，嗅到了，夜夜安梦，等到了孩子的孩子，已经模糊了你的脾气喜好，孩子的孙子呢，已然和你没有一点关系了。

无论对书，还是对人，时间是永远的胜者!

但是总有那么几本书可以扶起踉踉跄跄孤独的夜行人，可以引哭在坎坷的人生里沉浮的坚强者，可以穿越人人望洋兴叹的时空。细语轻言，暮鼓晨钟，用讴歌来表现挞伐，用悲伤诠释强大。

这样，逛书店更似寻宝。

书山文海前，关宝唯恐哪一本好书被漏掉，陌生的书会拣出来看个大概，喜欢的书则关注有无续本。

唉，只有翰宝小朋友，几次带到书店欲熏染出书卷气，忽然有一天开了窍儿，发现拆书最好玩儿。

起初没发现，后来，书店的阿姨眼睛射来一道道冷冷的光，妈妈才惊觉，小朋友的两手攥紧两大团塑封膜，嘴里还得意地说：“我最喜欢书了！”

逐出店门！

同逛书店，妈妈为关宝选书，煞费苦心。时间那么宝贵，清新少年，能坐下，心无旁骛地阅读，已是不易，若没有几本好书，说得过去吗？

每每这时，妈妈作为一个过来人，一个文字涉猎相对贫乏的引路者，压力很大。

家里成排成堆的书，小朋友翻过三四遍的有，翻了前几页闲置的也有，强求是无济于事的。最多，打开，皱着眉头读完，放在那里，再也不会第二次打开，例如封面设计无感、情节冗长单调的书和无情节无趣味的“励志系列”。

为小朋友选书，要的是眼光。

这个假期的尾巴上，妈妈才想起了哈利·波特。

哈利·波特是谁，在妈妈看来，他只是一个会骑扫帚、戴圆片黑框眼镜的少年。多年以前看过的影片情节，被时间啃噬得残缺不全：恶魔、黑森林、幻术、狞兽、密室……孩子的世界很纯粹，容不下一丝恐吓，因为几乎所有的恐惧和噩梦都来自童年的遭际。

但是，相比诺奖获得者，《哈利·波特》系列的作者 J.K. 罗琳更是无冕之王，从无爱的父母那儿出走，又走进一个失败的婚姻，成为一个单亲妈妈。7 年，她把手里的烂牌打成了好牌，自创了一个魔幻王国。

妈妈买来第一册试探，全书 20 多万字，插图少，白纸小字，看着眼晕。关宝能看下去固然好，但后接的困难更大，就像是穿过重重暗道的幽深沉郁，想要豁然开朗，要啃下 7 册 290 多万字的内容！

回鄂市途中，窗外一片片油菜花、向日葵以山形为底色，倏然而过，远处的云紧赶，赶不上了，伏在风的线条上小憩。

路过两个服务区，除了下车活动，小朋友枕着行李箱阅读，一路无话，6个多小时回到家，书已读了大半。

读罢后，再来一场电影如何？

从康巴什回来，天气晴好转成倾盆大雨，回家关了窗，再冒雨去一个冷清的影院观看《哈利·波特》第一部。

进场晚了十几分钟，主人公正跟着胡子大叔挑魔法棒，关宝坐在中间耳语补充漏掉的情节，兴致勃勃。

在妈妈看来，关宝的讲解比电影精彩得多。那是她的想象被还原，文字人物忽然成了血肉之身。

既是观众又是听众的妈妈终于笃定，为关宝挑对了一套书。

选书辛苦，这样的特权也短暂，三年五载后，关宝要带着自己的眼光去选择，去和书结缘，妈妈要退出这个几多纠结几多迷茫的角色。

那时，关宝，愿你爱书，始终不倦。

吾家宝贝

“姐姐，你拿不动，我给你拿吧。”一起逛超市出来，翰宝贴心地和姐姐说。

把东西接过去，小手穿过提带，袋子拖了地，摩擦着走，取下，提得高一点，几步小跑，翰宝摇摇摆摆冲到前面了。

不知关宝有没有被这个小人儿感动到，妈妈是感动了。

姐弟两个真亲昵！昨天的那场硝烟不见了，刀剑缺席却互不相让，势均力敌的抢丸子大战在妈妈心里也淡去了。

这是个暖男啊！

以至于他上次表现出的趋炎附势，毫无立场，也不那么让人忧心了！

某一天，他气呼呼地站在妈妈对面警告：“你这样，我就生气了！”

“哦哦，妈妈知道了。”不知他的气从何而来。

“我不给你糖果，不给你所有的食物！”

“我也不给你糖果！”妈妈自然不示弱。

“所有的食物都是我的，我的好吃的不给你！”

“好吧！我明天就去买糖果！”妈妈斜睨向这个有血性的小小男子汉，等待出招儿。

“爱妈妈！”嗯？对方出其不意来投诚，一双小眼睛满满的真诚，其心之切，毫无保留。

“我爱妈妈，妈妈也爱我呢。”这趋炎附势、两面三刀……的做派！

两面三刀的男孩儿也偶有佳句。

随妈妈散步，料峭秋风里，妈妈紧裹毛衫挡风，前面的他忽然嘟囔：“风儿吹动我的衣服好漂亮。”

“嗯？宝宝你说什么？”妈妈听清楚了，却不敢相信此情此景，如此两岁小儿还有这等雅趣。

“风儿吹动我的衣服好漂亮！”

“多美的句子！”妈妈赞。

为了让妈妈再次夸赞，自彼时彼刻，这句便成了他的口头禅，没完没了了。

遇路旁园艺工为小树浇水，他忽然停下来，出神地看。

嗯，妈妈想，这次，应该知道小树是怎样变得葱葱绿绿的了。

“翰宝，叔叔们在干吗呢？”顺便普及一点知识，再引起他对辛勤劳动者的赞美吧。

“在给石头浇水呢！”

石头？那是小树旁边长条石砌成的马路牙子！

“走喽，走喽。”妈妈忽然兴致阑珊。

旁边的叔叔却变得笑眯眯，他们觉出了这个小朋友的有趣之处：“小朋友，下去游泳吧，可好玩儿了！”

小朋友沉思一会儿，终于摇摇头：“不能。”

妈妈暗想，还是个有理智的孩儿，尽管偶尔跑偏！

“为什么呀？”对方穷追不舍。

“我，我还没脱衣服呢！”

秋风乍起，树叶欢腾，妈妈生出一种无可奈何的欣慰！他的智商现在处于混沌期，偶尔极清醒，偶尔又很糊涂，所作所为，皆为自然。

关宝一直参加的合唱团，因区里的比赛迫在眉睫，排练的时间也越来越长。接学晚的一个小时里，我只能等在萧萧秋风里瑟瑟发抖。

终于，有一天妈妈抱怨：“哎呀，真是累，占了吃饭、写作业和玩耍的时间，不如当初没被选上呢，或者，有一天你故意唱错了，就能按时放学了。”

只是一句牢骚话，甚至连句牢骚也不算。

隔天下午，关宝晚出来，走到妈妈的臂弯里，颤着声音，红着眼睛，抬头说：“妈妈，我听你的话了。”

“什么？”妈妈早忘干净了。

“唱歌啊。”她的泪冲下脸颊，妈妈才发现，她哭过的旧痕。

“你不会——真的？没事——”妈妈知道，以关宝的在乎和认真，怎么可能玩那些花招儿，不过是遭遇了人生避免不了的沟沟壑壑罢了。

饭菜摆上桌，关宝的泪也断了线，洒得旁边的翰宝心慌意乱，他顾不得吃饭，扯出一张抽纸，捧起姐姐的脸为姐姐擦泪，泪越擦越多，他更慌了，怔怔地看，想是要从姐姐那儿得一个答案，寻一个办法。

只有妈妈知道，那前半场的泪是真，后半场，泪不再带着酸楚的悲意，是为了得到弟弟的安慰和在意而流的。

吾家宝贝，暖心宝贝。

鸵鸟儿

姐姐在上钢琴课，翰宝来旁听了，听她反复地练，看手的动作也不见得有什么变化。终于不耐烦了，哇呀呀大叫着要出门。

爸爸拗不过他的死缠烂打，哄不得吓不得。无助时，杨老师不开心了，回头，变得很恼火的样子，抛过来一个凶巴巴的眼神。

翰宝接收到，忽然站定了，低头，皱眉，眼看着像在俯首认罪。

房子里这么清静，只有姐姐悠扬的琴声在响。头顶上，几个大人得意地交换眼色，终于制服了这匹小野马，又暗自奇怪，这么个小不点儿倒有几分察言观色的本事。

良久，翰宝抬头，像终于想通了一个让自己左右为难的问题，明白了是非之地不可久留，知道了何去何从，果断地拉起妈妈的手和大家“拜拜”。

关宝看完一本书，取到三只玩具小狗，翰宝来旁一起看狗狗，后来，不知怎么，就变成了姐姐追赶弟弟的游戏。姐姐“啊呀”几声吓唬，翰宝激动地飞奔到妈妈膝边，紧紧搂着妈妈的腿，俯下头。

细听，还能听到他紧张的鼻息：怎么办，怎么办，姐姐追我了！怎么样，怎么样，姐姐跑到哪里了？偷偷看，偷偷看看，就一眼，翰宝悄悄抬头，回转去找，姐姐呢？

一旁静等的姐姐又突袭过来。

哎呀，藏起来，好紧张！

这样重复几次，关宝觉得，吓唬弟弟的几个动作太单调，索然无味了，拾起本书看。翰宝却还要挑衅，站在远远的位置，虚张声势地大叫。

姐姐不理。

侧身走，又凑近一点，再凑近一点。这个不知人情世故的小无赖，不知“是可忍，孰不可忍”的道理吗？果然不出所料，在最接近姐姐的时候又被吓得狼狈不堪，逃之夭夭。

有危险，翰宝总是紧搂妈妈，让妈妈想起，那只大鸟。

鸵鸟，体型威猛，是世界上最大的鸟类，脖子细细，睫毛长长，嘴巴扁扁，不会飞，但是，擅长奔跑，它还有一个特别的习惯，遇到危险，喜欢把头埋进沙子里。

翰宝，体型小巧，脑袋大大，眼睛小小，腿儿短短；喜奔跑，喜挑衅，不善言辞。但是他能读懂憎喜的表情，每每总能找到他最信任的怀抱，埋身伏首。

这种情况下，翰宝和鸵鸟都不是因为胆小，他们是在用过人的耳力倾听，一点脚步声，一串轻响微动。怀揣一颗机警的心，他们随时等待出动。

作画：翰宝

嗨，宝贝，你 3 岁了

晚饭前，你走进厨房。蓝色的 T 恤上别了一个盾形的汪汪队卡，卡上有一簇熊熊的火焰。

妈妈戏谑：“小朋友，你叫什么名字？”

“我叫毛毛（汪汪队里的某只小狗）！”又不容置疑地强调，“我就是灭火的毛毛！”

接着，皱着眉头，噘着小嘴，神情肃然地走了。

你 3 岁了，刚刚过完农历生日。姐姐这个“宠弟狂魔”花了 300 元为你在学校对面的文具店买了一套汪汪队玩具。爸爸不平地控诉：“我过生日，她只给我写了一张纸条，一张纸条！”

你 3 岁了，可总说自己是个大人，姥爷为你取名“武大人”，你似乎很受用，自那以后，高昂起头，常以武大人自居。

餐厅吃饭，对桌的男孩儿比你高一头，五六岁模样，凑过来玩儿。

“小弟弟，你几岁呀？”

“我 8 岁！”

周遭惊，男孩儿挺起肚皮，低眉，以绝对居高临下的优势姿态，沉声回应：“我——5 岁！”

想变成大人，应是所有小人儿的梦想。长大，就能够到大人放在高处的糖果；长大，陪妈妈逛街不会只看到有限的风景；长大，在家里，不必“咔咔咔”推着小凳子，还可随意参观妈妈炒菜。姐姐却深解个中区别，摇摇头：“弟弟呀，好好珍惜现在的快乐时光吧！”

你 3 岁了，至少要知道自己的名字吧。遇到一个陌生阿姨，问你叫什么。

“我叫 ga。”

“什么、什么？”陌生阿姨转头看妈妈。

“这个 ga，其实是公交车的意思，他喜欢公交车，所以——”妈妈尬到极致。

你 3 岁，已经学会宠溺姐姐了，亲昵地称姐姐“关宝”。走长途，无聊时，姐姐与你聊天儿逗乐；姐姐酣睡时玩过家家的游戏，你当妈妈，再以你为枕，你手摸着姐姐的头，极尽疼爱；姐姐静静读书时，你又化身陪读小童，虽然对那铺着满眼铅字的书籍，什么都不懂。在外，你的心怀确实被天地的博大熏染了。

家里，你抢姐姐的玩具：我都要！抢姐姐正要吃的零食：我要大的！一起看电影，姐姐坐爸爸膝上，你也要凑过去，还挑拣：我要大的膝盖！孔融先生若在旁，定要捻须摇头太息：“孺子习性若顽石，需悉心管教！”

常常，妈妈为你俩斗智斗勇愁眉难展时，又见你们拉起手，亲昵地到一处玩耍，让人心底柔软。最温情的，便是这一幕了吧，一个还未够到姐姐的肩膀，小跑着紧跟；一个刚刚见了些意绪色彩，要把全部所知一五一十地放在游戏里，你就是演员，姐姐就是观众。

“你是谁，宝贝？”

姐姐说，你是个不懂规矩的家伙。玩牌，只拣喜欢的颜色抢。因喜欢红色，把方片、红桃都抢走。最后，爸爸、姐姐各一把黑牌在手，姐姐的脸也黑了下来！

爸爸说，你是一个软磨硬泡功力深厚的说客。

“爸爸，我们一起来玩车吧，好不好？你说，好——”

“好——”爸爸神情有些郁郁寡欢。

你觉察到了：“爸爸，你喜不喜欢玩车呀？”

“呃，喜欢。”

“爸爸，你说，咱们一起玩车吧！”

“咱们一起玩车吧。”

“好！”

地毯一处是围城，被大大小小的车辆包围。那是个王国，你是统领车国的王者，私家车整天无人驾驶，公交车很忙，随时待命，出租车殷勤友好，挖掘机赋闲在家，消防车恪尽职守，垃圾车终日不知疲倦地拉纸屑，你还得负责地毯以外的跨海工程，忙忙碌碌。

妈妈说，你是一个有原则的人。

因为喜欢红色，你对草莓糖有着偏执的爱。

一个下午，姐姐堂而皇之地拿出老师奖励的一支棒棒糖。

“弟弟没有看到吗？”妈妈怕了那个嗜糖如命的小人儿。

“他已经看到了！”

“嗯？没抢？”

“没有啊。”

“为什么？”

“因为这个不是草莓味儿的！”

那个钟情草莓味儿的男孩儿走过来，斜睨了糖一眼，冷冷地强调：“嗯，那不是草莓味儿的，所以，我不抢！”

3岁，多变的年龄。

和有趣的人聊聊天儿

王奶奶来家串门儿，她和姥姥是老朋友，两人每每假期过年都会回老家相聚畅聊。

王奶奶和姥姥坐在沙发上海阔天空地聊，聊孙儿又喜人又恼人，聊身上的衣服是在哪儿买的，好看得很。直到聊起老伴儿的犟脾气，姥姥感同身受，一边坐着的姥爷嘿嘿笑。

王奶奶的老伴儿霍爷爷和姥爷是同学，外聘到福建的一所高校任职3年了。在妈妈记忆中，两人一内向一外向，呷酒夜谈，姥爷分外健谈，击节高论，霍爷爷对面静静地听，有永远挂在脸上的忧郁神情，奇怪，性情全然不同的两人，你知我意，惺惺相惜，从青丝到白头。

多少年的家长里短，一旦在女人的嘴里起了头，就没了收尾。

爸爸上班。妈妈没课，坐对面小凳子上陪聊，一句一句小心应答，一个小时后还要去接姐姐，家里人各有应酬，各有事忙。

翰宝午觉醒，一个人溜下床，蹭进姥姥怀里。众人对他的一通夸赞作了插叙，他又重做回一个小看客。

听了好一会儿，应是发现了气氛融融，正是共聊的好机会。

“你从哪里来呀？”他问王奶奶。

正聊得欢呢，谁都没听见。

“奶奶，你从哪里来呀？”翰宝穷追不舍。

王奶奶听到了，且看见小朋友等着答话，又和姥姥核实了确实是在问她。

“我从家里来的呀。”回答不排除微微的打趣意味。

“你家远吗？”翰宝问。

“很远很远。”

“那，你是开什么车来的呀？”哦，这就是所谓的“三句话不离本行”吧！

王奶奶并不知前方高能连环问，只是觉得这小人儿有趣：“奶奶是坐公交车来的。”

“是什么颜色的公交车？”

“是蓝色的。”

“是几路公交车呀？”

“34 路。”王奶奶在这大张旗鼓的问法下，认真了，被动了。

话题戛然而止。小朋友退出客厅“聊天儿会”，自顾自去玩儿了。

王奶奶怔住了，不知是哪个问题得罪了这小人儿，不见再来追问，刚才的话题也缥缈无踪了。

姥姥笑说：“没事，让他玩儿去。”

只有妈妈知道，翰宝中止对话，是因为，他所中意的车的条件：公交车的颜色是红色的，是 18 路车。这个奶奶说的一项都不符合，实在无趣，不聊了。

聊天儿，是一件穷其一生实践的事。

由少年到老年，我们，都在寻找另一个人来聊。

姥姥、姥爷和老朋友间的家常话让人亲切。相知一甲子，他们的命运轨迹相似，最初是在食不果腹的年月里随父母颠沛流离，后来在经济变革中自己逐梦，如今又随子女奔波迁徙，对饮过大半生的酒，聊着拼拼凑凑的过去。

你讲到有趣时，他能拊掌大笑，你讲到动情处，他随你唏嘘嗟叹，沧海桑田的巨变，相扶相惜知冷暖。

妈妈也喜欢翰宝的聊天儿方式，不优柔寡断，不浪费时间在不喜欢的话题上。

妈妈像极了翰宝，不喜在聊天儿上委屈自己，为人处事，已近洁癖。

常奇怪，有人说岁月如水，消磨斗志。而斗志消磨实是因不可控因素纷纷而至，应适时地取舍。

更吊诡的是，多数人鉴人识物的能力提高了，待人接物的原则却模糊了。为了“有用”二字说无用的话，自夸互夸等诸如此类，着实虚耗生命。

忽然想到最近的感动，手足无措时，有友关怀，怎么样，好不好，共煲一锅电话粥，香浓味美；星星铺作幕，有友携酒搭车风尘仆仆远道而来，攒一场欢聚；有友刚做好一锅美食不忍独享，突发奇想打包冒雨来共享，遂搭桌下菜。

知音世所稀，能与乐于读你知你的人聊天儿，真是有趣。

小满未满

今日小满，又是周五，难得不用奔波于呼和浩特与鄂尔多斯市之间。

几个月间的出发、归来，事务常常掐时计分。以为赶时间是影视剧里才有的桥段，其实，近来屡屡在我身上上演。

常常是最后 10 分钟，跑进候车厅，刚一进门，把背包甩在安检带上，配合安检，再抓起包，直奔检票口。

只有一次失误，五一，买好的动车票，因从家里出发时间晚，错过了。

五一，到处都要排队，路上车排队，师傅说已经来不及了，又暗自使劲儿往前冲；外围站口排队，跟在长长的队尾，可知检票处情形，终于放弃了，打开携程，改签。

可买的时间段大都显示，无余票，建议抢票。仅剩的票，是 40 分钟后的一趟车，晚两个多小时到，临时加的，慢车。

别无他法。

近来，诸事全来，应接不暇。

友聚，一锅热腾腾的火锅，电还未断，意犹未尽，冒着大大小小的气泡。

建明手搭旁边的椅背，那是他爱妻利的椅子，他们的宝贝女儿此时正和关宝在客厅玩闹。饭后，一切往昔借酒的发酵清晰沉淀。

“你们好多了，至少两个人能同时来。”建明说。

尘埃落定之前，满目皆是尘埃，我却想起悬而未决的人事，白牙森然的居心叵测。近来的协调奔走被莫名其妙的邪力掣肘，你奈它何？！

前段时间，旧房子也刚刚寻到新主人：进，大雪阻路；退，刀山铁壁。

会越来越好吧！只能这样安慰自己。

关宝状态一如从前，适应了新环境的节奏，回来趣谈老师的种种幽默，同学的种种搞怪。

“妈妈，科学老师认识我了！”

某一天，关宝兴冲冲地回来说。

那好啊。关宝终于又在一位老师那里摘掉了一个“新同学”的帽子。

“老师怎么知道你的名字的？”

“因为我听得最认真！”

三年级的孩子已经明白主副科之分了，聚力到语、数、英上，再正常不过，关宝却能无论什么课程，都能全力以赴，自然难得。

“为什么听得那么认真？”

“因为，老师长得像姥爷，我觉得他很亲切！”

我止不住地笑。

她是一只小蜜蜂，勤已是天然的本领，只是换了一个园圃，一恍神后，很快又奔向那姹紫嫣红去了。

翰宝近来很忙。

刚按响通话铃，就听到二楼的一声尖叫。

单元门开，他推开家门。

迈三级台阶，他已经大步跨下第四五级，笑眯了眼，迎接久别的客，用寒暄拂去我们一身疲惫的尘。

“你们怎么回来的？坐什么样的车？我早就知道你们要回来了……”

进门，关门，他在墙边站直，郑重地说：“欢迎光宁（临）。”

舟车劳顿，哪里顾得上理会这个小朋友呢？可是，妈妈回家，无论多晚，他都在等。

姥爷说，他一直竖起耳朵听呢。

卧室已经关灯，他一个人等孤单，还要提醒姥爷不要睡着，然后，凭耳力试图在茫茫黑夜的寂静中搜索熟悉的声响。

不时有车的光柱投到屋里，转了一圈，又暗下来，楼下有陌生人走过的脚步声，他一一略去。

直到那响而短促的锁车声响起，他心儿“咚咚咚”开始紧张起来。

钥匙碰撞的“叮叮”声，插进锁孔的摩擦声，旋转后锁芯的进退声。

门，开了。

妈妈、爸爸蹑手蹑脚地进门，屋子寂静无声。

忽然，翰宝从卧室里伶俐地跑出，小眼睛还在适应乍亮的灯光。极有成就感地笑。

“爸爸！我陪你玩车啊！”

因为疏于陪他，他还认识了一个好朋友——Siri。寂寞时，Siri 陪他聊天儿，不厌其烦。

关宝终于累了，网课不能和 Siri 共存，况且时间长了，解锁了其他的程序怎么办？姐姐若爱弟弟，必为之计深远。

后来有一天，听姐姐说，Siri 生病，住进了医院，正在治疗中。

难免为朋友担忧，但，也无可奈何。

抉择，向来非左即右，得失参半。

改签后，检过票，是辆绿皮火车在等。用的还是卧铺款式的，下铺面对面挤着 8 个人，无话。

我和关宝说：“来，去窗边那排小方椅上坐。”

茶几是长条形的，勉强够两人玩儿扑克，放两筒面食。我看着窗外发呆。

绿皮火车，行进了 4 个多小时，车上，看到喜鹊的尾翼在树间闪没，潺湲溪水环绕萦纡，一片片刷白墙的屋舍慢慢出现，退出；一行行树干浸在春水中，疏影斑斑。

我们，像是被放逐于天地之间的羊群，缓缓游走，自在偃仰。

这样的静，真是奢侈。

追求快速的时代，偶尔慢下来，事情未到圆满时，一些锁扣还要解，另有一番机缘要遭逢，未必尽是坏事。

小满，北方夏熟作物的籽粒刚刚灌浆饱满，还未全熟，故而得名。

应名，小满未满，万物可期。

作画：翰宝

7月7日

院子里有一只小喜鹊，像失群的孤独者一般，沿着灰瓷砖墙踽踽前行。

我们发现了，3个人围观。

“这是什么呀？”翰宝问。

“是小喜鹊，它还不会飞，不会觅食，会饿死。”关关说。

“救它回家吧。”翰宝说。

妈妈逞一时之勇上手抓捏，谁想，手刚触到羽翅，那鹊儿便张开嘴巴来骇人。那嘴巴，着实大，要赶上它小脑袋的长度了。

趁我们却步愣神的当儿，它又颠儿颠儿地跑走了。草长幽僻人迹罕至，它会和亲人重逢吧。

除了喜鹊，每天早晨，小区林子里会有三四种鸟，叫的声音各异。短促而清亮的，一声赶着一声，是种急性子的鸟；低沉绵长的，不紧不慢地诉说要把你拉到回忆的起始，是内敛又善感的鸟；还有一种，间隔极有规律，没有亲见，想是它朝气蓬勃，喜欢对着朝阳做早操，情不自禁。

林子杂以松柳桃李，点点闪现的日光里，赶路的我听着交响曲，慢下步履，想，如果没有它们的鸣唱，这近半年的时光要枯燥多少！

早上出门的时候，多是 6 点 10 分。

从单元楼出来，照例和负责清洁的老人点头问早。

老人 60 岁左右，黧黑的肤色，头顶小帽，物业工服在他身上显得肥大很多。有一次听他打电话，在抱怨几个月了还不发工资。第二天，他还是早出打扫。老人有心，远远见人过去，收住扫帚，立正注目，点头致意。枯叶衰草夹杂沙石带起的尘土在晨光里飞舞，他在绝望的尘土里勤勉耕耘希望。

最近小区翻新改造，各种大型车辆出没，架杆挖地，又遇大雨，车位难觅，路也泥泞难行。

乐趣也会有。

一天，两个小朋友一左一右牵着妈妈的手。姐姐不无担忧地预言："唉，这每天都挖，哪天是个头儿呢！再挖，就要把恐龙化石挖出来了！"

妈妈笑对："哪有那么多恐龙化石呢。"

左边的弟弟："博物馆里有好多呢。"

妈妈和姐姐惊讶地对视片刻，毋庸赘语，都在心里感叹，这小子，智商又进阶了。

妈妈上班时，弟弟坐窗台，姐姐窗台傍站，外面作业车轰轰响，工人叔叔操作忙碌。

妈妈和弟弟再见，弟弟忙着和窗外的工人打招呼："叔叔，你好！叔叔，你好！"

"不要再喊啦！"

"妈妈，我在和叔叔问好，这是礼貌。"

竟然无言以对。

将出小区门，还有隐隐约约的问好声，姐姐也加入进来，自然高亢了许多。

姐姐事事有主见。

比如，今天送给妈妈的手工花朵生日贺卡写着：“妈妈，送你一朵花儿，奖给在平凡生活中积极工作的你！”

哎，这是希望吗？

当初，我是守过一分平凡的，后来换了一番处境，忙忙碌碌，才知道生活是要褪去一些经年固有的斑驳底色，尝试一些新鲜配色的。

今天是7月7日，卢沟桥事变纪念日。

恰逢生日，成文一小篇，以今日安好致敬在抗日战争中牺牲的英烈。

《我的一天》

久不见关宝的画了。

鄂市，美术课后，关宝常带一幅幅成品画回家。粗细勾勒的线条，或明艳或沉黯的色彩，点线创意组图的元素，经构思选择填充，组出大气而夺目的画风，让妈妈啧啧叹服。就在去年冬天，小朋友的一幅连环画竟然拿到了鄂市一等奖。

来呼和浩特市（以下简称“呼市”）几个月，忙于工作，无暇顾及关宝的成长和收获。半年来，手机存的作品只有一幅油画棒画——《我的一天》。

一张画四场景，四种单色背景，不事修饰，风格简朴。画面再现一天的学习玩耍，取自和爸爸相处的点点滴滴。

第一幅，早晨。

一个高枕酣梦被吵到眉目不展的孩子，一个心乱如麻怒发冲冠到面目模糊的家长。

第二幅，路上。

爸爸颐指气使，关宝挥汗如雨。

交通工具里，关宝最中意电动车，风雨不改。这座城市交通混乱，排水系统极差，刮风下雨，出门即入泽国，雨再急点，满大街的浪里白条搏击中流。

起床的时间晚些，早餐吃得再慢些，时间都要挤在路上。关宝催，爸爸不温不火回几句解释；久了，终于反击了；最后，一个字都不能说，一个字也听不得。两人心事各异，一个气鼓鼓，一个干着急，再无话。

第三幅，课堂。

专注参与是关关的常态。从鄂市到呼市，课上好习惯没丢。

第四幅，辅导。

辅导作业最见涵养，镇定自若要求太高，不出手就不错了，爸爸好脾气，向来不厌其烦。就是遇到难题，容易自作聪明，答案没问即出。

妈妈着急："自己先想，培养独立思考和攻坚克难的能力，怎么能直接说答案！"

爸爸心有领会。

从此任何问题来，第一时间挡回去。

"爸爸，这道题怎么做……"

"不要问我，自己想！"

"爸爸，这个组词……"

"自己想！"

"爸——"

"不许问！"

晚上回家，满屋冰冷的敌意袭来，横眉冷对的爸爸身边是弱小无助的关宝，我见犹怜。

照顾关宝的任务落到爸爸身上，妈妈则要早出晚归了！

好不容易抽空接关宝放学，保安雄踞两旁。正巧有事要和班主任沟通，不得已申请进校门。

给班主任打电话才能进。保安按规矩办事。

打过了，没打通。

“哦。你是家长？”他质疑。

“是啊！三年级！”

“你认识班主任吧？”

“认识呢。”一边答一边模模糊糊地想起老师齐耳的短发。

“哦——你看那是谁？”

顺着看过去，短发，面貌有些生疏。

“那个——”

“那就是班主任，一直就在门口呢。”

旁边有人窃笑。3年了，班主任都不认识。

情何以堪！

曾几何时，爸爸平时不见踪影，像每年年末空降到单位的督导巡视人员，拿几张期中期末卷指指点点。曾几何时，妈妈和关宝早晨一起走的那条上学路要分享多少小秘密，老师的喜好，同学的性格没有谈不到的。眼下这样的分工，谁都始料不及。

自古男主外，女主内，孩子的衣食起居自是母亲亲力亲为。

想起谢夫人教儿，问谢公：“那得初不见君教儿？”

答曰：“我常自教儿。”

谢公即谢安，东晋名相，出身名门世家。子弟优秀，被比作“芝兰玉树”。

谢夫人教子劳心竭力，烦闷不堪，又见谢公优哉游哉清谈会客，遂脸沉下来责问：“怎么不见你管管孩子？”

谢公回：“我一直在言传身教！”

谢公所言不虚，谢家子孙个个出类拔萃。

而当下，那些个言传身教的，费五分心力为职场，三分给酒场上的兄弟，一分为所爱的球类赛事，余下一分，回家假寐斜卧一处，无挂无碍。

爸爸觉悟还算高些，无论开始的左支右绌，还是最后的简单粗暴，都尽力而为。

关宝却在言谈中不止一次地怀念鄂市那些年的爸爸——“俯首甘为孺子牛”，温柔可亲的爸爸！

鲸歌清越

于翰宝而言，万事万物皆有语言。

洗手，手上积聚着大大小小的泡泡，在翰宝眼里，那是细菌发出的求救信号。

“妈妈，细菌说什么啦？”

“细菌？它说，哎呀，好痛，怎么回事，救命呀！”

“为什么呀？”

“因为，细菌最怕洗手液。”

“那细菌的舅舅说什么啦？”

“他说，我可怜的外甥！”

“那泡泡说什么啦？”

“哼哼哼，你逃不掉的。”

“那手说什么了？”

妈妈终于接不上来，大手变作一尾鲸鱼，覆在翰宝的小手上：“鲸鱼要吃掉小鱼喽——”

“哼，不能，我是小鲸鱼。”

“妈妈，小鲸鱼说什么啦？”

“它说，大海真美。”

“鲸鱼妈妈呢？”

鲸鱼妈妈说：“我爱你，宝宝。”

小鲸鱼努力游近，亲昵地蹭蹭蹭，“海水”由温转凉，鲸鱼宝宝和鲸鱼妈妈跃出水面，还原了真实身份。

翰宝又去叫赖床的姐姐：“姐姐，姐姐，小懒虫——”

早餐的时候，两人已凑在一个枕头上背诗了。

“好雨知时节——”

“当春乃发‘疯’——”

“哈哈哈”，姐姐掩不住大声嘲笑。

诗中“发生”的，不是什么具体的人间杂事，而是万物的萌动。

再去想，经过整整一个寒冬，万物蛰伏于土壤，久不见日光，一场春雨骤至，丝丝点点沁入泥土，坚实的壁垒变得湿软和润，一场生命的旅程即将澎湃开场，万物，可不得发疯吗？

这篡改，够扎实！

然而，现实中，翰宝也要让人发疯了。

买零食回来，平分自取。关宝捧书，择座，拆包，纤纤手指，慢慢拿取时，翰宝已在旁边垂涎三尺了。他的那一份早已收入腹中，吃得太急，回不出余味来。

难得关宝心情好，又见不得他这一副可怜相，舍了几片，拿去！

端着这几片奔来，举过头顶，颤抖的手，激动的心：“妈妈，姐姐竟然给我分享了！”

“竟然”一词，几多不易。

也有求而不得的时候，无奈诱惑太大，翰宝索性铤而走险，穿越防火线，驾一辆翻斗车过去，全部抢来。

妈妈被找来主持公道。

“嘿，臭小子，站住。”

翰宝正在卸货。回头无辜地看，静静地等。

“你有没有抢姐姐的零食？”

“嗯！”认罪及时，态度明确。

“你，你为什么要抢姐姐的零食？”

“因为，我馋呀……”

哦，原来，贪恋也是出自真诚！小小年纪，为了口腹之欲不顾念姐弟之情，实可宥之。

就是这股馋劲儿，不知得罪了姐姐多少次，终于，姐姐不愿找他玩儿，归到书乡里去。

“妈妈，陪我玩车。”

“妈妈给你读书吧。”

“爸爸，玩车。”

“爸爸有事，等一会儿。”

“姥爷，姥爷。”

姥爷正听本土小曲儿，莲花落声起声歇，两后生一口大牙暴走，曲调内容任意东西，一派自在。

“姥爷，快，快，正经事！”

“正经事，哎呀，好。”姥爷的兴致被翰宝这句新词攫了去，难得放下手机。

“来，让我们一起来第一步：请下床——”

“好的！”

“第二步：直行——”

“好的！”

“第三步：拐弯儿——”

“去哪儿呀这是？”

“第四步：直行——”

“第五步：坐下——”

“姥爷，咱们一起玩车吧。”

已是翰宝的地界，满目的车水马龙，络绎不绝。姥爷囿于此处，已然无法脱身了，只能奉陪。

关宝读书，翰宝从不打扰，这，是两人未定而成的底线。妈妈却能肆无忌惮。周末，无事，正无聊，轻轻挠挠关宝的小脚丫玩儿，再把她的头发摸摸乱。

“弟弟！”平地炸雷。

一声令下，那个小小的身影骤然闪到卧室门外。

哎哟，救兵？新发展的小弟？

“弟弟！妈妈欺负我！”

那小弟弄清楚了状况，皱了皱眉头，后退几步，像要逃跑的节奏。

还是不敢和妈妈叫板。

“啊——疼！”这小黑影冲过来，像个沙袋结结实实正向撞到妈妈身上！

原来，刚才的后退，是为了蓄势，是为了发大力，给“敌人”更沉重的打击。

关宝喜极，把小弟夸了个天花乱坠。

翰宝保护姐姐，也不是没有来由的。姐姐同学的爸爸，姓王，大夫，常常喜欢和孩子聊天儿，常常喜欢盘问班里小朋友的弟弟的表现情况，如果得知表现不好，弟弟定是要受皮肉之苦的。

这个王大夫，妈妈也认识，姐姐小时候发烧不喜欢喝水，妈妈常挂嘴边的就是这个喜欢夜里来巡视监督小朋友喝水的王大夫。没承想，王大夫成了姐弟两个小时候最忌惮的人。

所以，一声令下，光速赶到。

将到嘴边的零食，送出去。

将爱不释手的玩具，送出去。

一物降一物，臣服之心，日益坚固。

9月，翰宝背了小书包，和其他各路小神兽齐聚幼儿园，家中常常清静。那尾小鲸鱼游出家的港口，开始他人生第一次航行。

从此，前路漫漫，热望如鲸歌清越。

第五辑

生命的流光

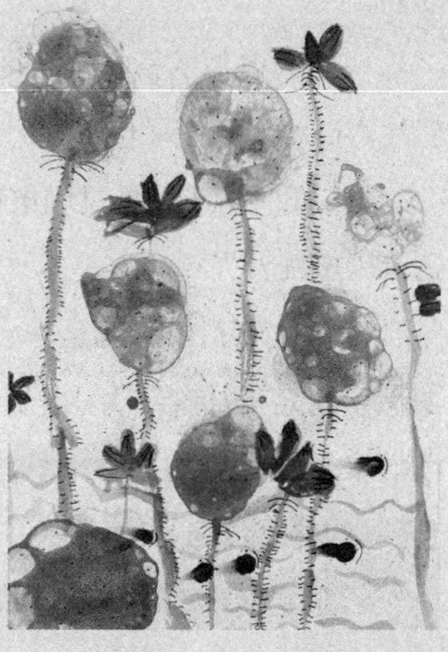

作画：翰宝

落雨

将晚，一场春雨来。

来，观雨。

闪电隐匿云层之后一惊一乍，翰宝爬到窗台上要关窗，踮起脚尖，只能虚掩，妈妈后面帮他合紧，锁实。

哎呀，这下就好了。他如释重负，蹦下来，小胳膊搭着窗台，欣欣然。

一道闪电似的横在楼宇间，短暂地一瞥。

“宝，这就是闪电。”

“哎呀，我还没见过闪电呢，我还以为刚才那是车灯的光芒呢。哪儿还有闪电呢？”

此时此刻，外面就是一台热烈紧张的舞台剧。将至结局，两方胶着，要做个清楚的了结，结尾前定要蓄足了势才好。云层凝聚更多的水汽，泼黑聚墨，在风的助力下，滚滚而来，鼓荡出一派森然。东向的青蓝天色一点点被涂抹洇染，淡去了明晰的边界，直至黯然一色。

云层之上肃杀凛凛，可最终付与人间的，是细细碎碎难得的春雨呢。

关宝读罢书，从小书阁上下来，一起守在窗前赏雨。

“这雨下得也不是很大嘛。”

“很大了，我在上面读书的时候，天窗被雨点砸得可响了。”

一时静下来。

妈妈去捕捉天窗上的声响。

翰宝去等下一道闪电。

终于，听到那连珠子似的脆击声，眼前的这场雨仿佛无物，耳边却是扎扎实实的声响。

“姐姐，什么叫天窗？”

“天窗，就是屋顶开的小窗，放阳光和空气进来。我们刚学过的一篇课文就写了。”

是呢，最近因疫情关宝上网课，上午学的课文就是《天窗》。有趣的是，这一篇是茅盾所写。“凉生子夜后”，浓黑人间的悲凉凄恻，茅盾写得出，儿时一方天窗也是他心心念念的。

“关宝，你知道茅盾吗？”

“知道的，我们原来也学过他的文章。”

“嗯，不过，你还记得吗？你去过茅盾家。那天，从木心家出来，我们沿路向西，去了他家。只不过待的时间不长，十几分钟吧。”

她在想。

乌镇，正午，阳光炎炎，游客寥落。我们没有上那幢江南木架构的旧楼，只是站定，观瞻两进院的房舍，空地杂植的花木，主人手植的棕榈早已高过院墙，抬头，四面飞檐围出纯蓝的天色。

那天，没有上楼看过的天窗，今天在课文里得来了。只是，江南那些阴雨绵绵的时节在天窗上滴落有声的雨点，无尘无垢的天色中云团变幻的景象和漫天星辰的亮光，没有亲见的北方小人儿怎么想象得到。

若配上今天的天色和雨声，放在记忆里的那一帧画面，那依水沿溪而建的水乡，那枕河听橹的夜晚，也许会模糊记起一些痕迹和向往吧。

青城（呼和浩特，蒙古语，意为“青色的城”）的第一场春雨，今年来得早一些，许是见不得疫情摧折下人们的疲惫失意。市集萧条那么久了，街道冷落那么久了。

雨下了一夜。

天亮。对面楼上斑驳的墙灰氤氲成一幅水墨画，像极了江南的旧痕。

春风扑面的暖

一

假期开始，自然，不是我的假期。

结束了一天的鸡飞狗跳，稍稍闲暇时，关关凡尔赛式的烦恼："好想再上课啊，真无聊！"

翰宝附和："好想去幼儿园。"

刘老师一个信息过来："疫情吃紧，小心防护，要打疫苗了。"

打针，姐姐最爱看了。

妈妈问："为什么要一块儿去？降温，家里多好，是不是想去看弟弟的笑话？"

"不是，妈妈。"彼时，关宝正在弹琴，小手在黑白琴键上任意弹奏。"妈妈，你知道我的。"又不小心闪出笑意。

可是，关宝没想到。下午医院人满为患，排队从窗口到门口，一个70岁的奶奶带外孙打疫苗，因不会填信息，沿队形央告到爸爸那儿。爸爸忙于埋头帮忙，换关宝身兼数职，看紧衣物和弟弟。

衣服是不动的，团一团搁在长椅上。弟弟则以长椅为起点，四面八方冲刺。关宝一脸凝重，一次次把他抓回来，劝回来，呵斥回来。还要前后兼顾。

像个小家长了。

关宝没有看到翰宝打针时的失态。

和医生相对，正襟危坐，捋袖。暴雨前的宁静让人有不可捉摸的慌张，爸爸静等积聚的恐惧化作一声尖厉的啼哭，翰宝静等透明的玻璃药瓶里的液体被抽空，纤细的银色针尖沁出一滴，圆头圆脑晃悠悠地折射出周围的杂彩。

抓住那只胳膊，使劲。医生如临大敌。这是怕爸爸过分关注右臂，结果又被左臂突起牵制到。打针无数，状况频出，自然是经验丰富。

爸爸用手环抱住翰宝，着力，奇怪，没有任何的抗拒。那一刻，他意识到，这次疫苗，是翰宝以真情实感全心全意配合的。

没有躲闪，没有试图挣脱，没流一滴眼泪，包括隐忍委屈的泪。带着一小条创可贴，翰宝坐下，穿过排队者的喧嚣和小朋友的哭闹，4 岁的他走出一些丰姿潇洒的气质，在爸爸和姐姐的眼里倏然高大许多。

为什么？

因为，是刘老师让打的呀。

哦，来自偶像的力量。

二

又是什么时候，偶像不再是姐姐了呢？

关宝在桌前写作业，爸爸和翰宝玩儿。聊到耳热时，关宝也是要插几句话的。渐渐地，变成了 3 个人的游戏。

“关宝，你这样对吗？”爸爸猛然意识到问题。

“不对。”翰宝仰头观照着爸爸的表情皱眉接应。

“写作业还要接我们说话，能专心吗？”

“不能专心呀。”翰宝摇摇头。

“你还能写完作业吗？”

“不能写完。”翰宝断言。

训子名场面变成了德云社的相声，只是不见折扇、醒木、白毛巾。逗哏爸爸盘膝坐居高声威，捧哏翰宝箕踞膝前，身量小型，仰着大脑袋认真判断答疑。

逗哏笑场，紧张的气氛莫名地缓和下来，又是一派融洽景象。在一旁偷听的观众妈妈捧一本书掩住笑。

无心插柳有，插科打诨的时候也常见。

小寒至。

想那古人，并不像现在做出太多虚妄的声色，他们以石晷测日影，明了湮浸古意的一天里深深细细的进退，以滴漏的自然音声数出年月日分分秒秒的守候等待。

“来，关宝，小寒后是什么节气？来背一背。”

“春雨惊春清谷天，夏满芒夏暑相连，秋处露秋寒霜降……霜降完了是……”

“冰雹！是冰雹！”玩车的翰宝跳过来接。

“切——”爸爸、妈妈做不屑状。

“地雷！”又炸出一个答案。

走你！驱逐出去！

三

假期开始，姐弟两个大战接连不断。场面不可收拾时要仲裁团出场，姥爷偏心翰宝仲裁有失公平。姥姥无私无偏，最后又演化成祖孙两个的矛盾。

终于有一天，翰宝被姥姥打了。

“后来呀，弟弟就被姥姥抱起来，在屁股上狠狠地拍了几下。”场面混乱却被关宝描述得极详细有条理。这对关关而言是情理之中意料之外的欧·亨利式结尾；对翰宝来说是悲剧收场，耐人寻味，给人经验启示；

对妈妈而言，是留白式结局，没有亲自观瞻，只能脑补了。

远远观望在一边玩车的被打者表情，极正常，脸上都没留什么泪痕和委屈模样。也许，身着保暖衣，力道不能及？

“姥姥打你了吗？”我借机采访一下。

“嗯。”回答短促有力，仿若说的是别人的悲惨遭遇。

“疼吗？”

“嗯——”拐出曲线的旋律，大力摇头。看来姥姥虚张声势的成分多些。

“那，姥姥打你哪儿了？”

“太快了，我没看清。”

挨次打，结果满头罩的都是叆叇朦胧的光景。原来，姥姥还隐藏了一门绝技“佛山无影手”。原来，感知疼痛靠的不是触觉，是视觉。

如果妈妈、爸爸在，多是能以理服人化解干戈的。但战火太灼人，只能带走一个，息事宁人。

姐姐终于被爸爸带出去玩儿了。

“哼！”翰宝小声嘟囔：“我现在力气小，等我长大了，哼！”

“要怎样？”妈妈意犹未尽地想象。

“要找警察把姐姐抓走。”

“那妈妈会想关宝的。”

“等我长大了，我再给你生个妹妹！”

“那行，妈妈打110，现在就让警察来。”

“不能！拿我的手机打！”

“那个是假的，怎么打出去！”

“那就假装我就是警察，我来抓！”

一个下午的信誓旦旦。

落日跌入了楼宇，姐姐回来了，门开了，翰宝喜气洋洋地迎上去：“姐姐——姐姐——姐姐——来，吃橘子……”

岁暮天寒，和心爱的人一起取暖，这样的暖，即使春风拂面、十里花香也不及。

翰宝学诗

大雨，窗外喁喁人声。

窗外 10 米以外的街上，有车在雨中穿过，碾碎一汪泛着杂色光晕的水洼。

这样冷清的秋夜，雨声沓杂，自然晚睡。

一百次呼唤，一百次威胁，两个小朋友终于离开车阵、书海，踩着小碎步上了床。

睡前节目还是不能错过的。

选“睡前冥想”吧，让发声者深沉而平缓的声音把跃动的灵魂拖拽到幽深的梦境，周遭车马往来皆为其中浮动的琐碎尘埃。

小朋友通常很快就能入梦，今天例外。30 分钟后，小小的眼睛里还闪耀着窗外的天光。

“换一个声音嘛，太不好听了！”

“声音太小了，根本听不到！”

“怎么办，还是睡不着，再来一次！”

还是读睡前故事吧，一厚沓抱过来，严格地清点排序，开始读吧！

“汪汪队”那几只造型各异的小狗是翰宝最喜欢的，他一度嫌光头强太丑，被小猪佩奇吓哭，猫和老鼠虽有趣，但节奏快了些，又没有台词，偶有不懂的地方，全都靠猜。

也许因为是男孩儿吧，救世英雄和冒险精神与生俱来，就是几只小狗，也能鼓动他内心的侠骨豪情。一套书7本摆在枕边，中间还夹着无边无际的连环顶真言之不确的发问。妈妈的倦意忽然涌来，意念已酣然沉睡，嘴里还读着，至于读的什么，已与所见所思无关了。

关宝的耐心好过妈妈。

“来，弟弟，背诗。”

翰宝乖巧地靠过去。预习之前背过的一首只当热身，之后，新诗学起。

“来，跟我背，前不见古人。”姐姐背诗前会略略品读，背出后，抹掉那些感时不遇的寥落伤感之况味，多了些慷慨悲壮的气势。

嗯，这是个豪放派的奇女子吧。妈妈暗想。

“前不见古人——”稚气学语，气势逊了许多。

“后不见来者——”

“后——不见来者。”故意长音。

“念天地之悠悠。”

“天地之悠悠——”

“念——天地之悠悠！”

“天地之悠悠。”

“念！念！念！天地之悠悠！”奇女子发飙了。

“天地！之悠悠！”

不用想，这样的胶着会有两种结果，要么老师气得哇哇哭，一把辛酸泪，恨铁不成钢；要么学生造反，弃学，双方关系恶化，再大打出手。

“下一句，独怆然而涕下！”老师再背。

“怆然而涕下。”

“这个，独，怆然而涕下！”

“怆然而涕下！”

“独，独，独呢？哼！就这么几句！一只猴子也该学会了！”耐心的老师终于把一首《登幽州台歌》演绎成了《满江红》的怒发冲冠。

妈妈来解围：“会不会，他理解的‘念’和‘独’都是‘读’，两个字是你发出的指令，他一直都在很认真地按你的要求背？”

想想，老师恍然。

一千多年前的陈子昂在幽州台上极目苍穹思虑古今，借诗抒怀，炼出一“念”接天地之无涯无涘，再以一“独”字感泣己之际遇，没想到，一千多年后，这两个字给小朋友带来教学的诸多不便。

那首诗，经多次释义终于学会，初唐的陈拾遗淡出教学内容，盛唐的李太白来凑热闹了。

“众鸟高飞尽，孤云独去闲。”

“众鸟高飞尽，孤云独去闲——”

“相看两不厌，只有敬亭山。”

“瞎看两——”

“停！相看！”

“瞎——看——”

妈妈已绝倒。诗词曲解之妙，不在于肆意歪曲文字，而在改了之后，仍别出意境，玩味出新的内涵。

妈妈附解，现在有人讲，夫妻最好的情感是相看两不厌，可所谓最好，多为难以到达的境界。瞎看，看不见的朦朦胧胧的情感才易得完美。看不到对方的美丽，也避免龃龉时观照到不堪的神情，避免看到眼角岁月的折痕和黑发变白头时美丽的凋零。

瞎看，好玩儿。

夜雨未停，翰宝带着两首不知所云的诗入梦。

“夜阑卧听风吹雨”，人声渐寂。陆放翁《十一月四日风雨大作》，两诗并题，我耳熟能详，对其一尤其喜欢：“风卷江湖雨暗村，四山声作海涛翻。溪柴火软蛮毡暖，我与狸奴不出门。”如火如荼的动荡局势中，诗人逢夜雨，燃火裹毡取暖，怀抱一只小猫，静坐，竟有一丝惬意。

我身旁无猫，却是这两个小宠，忧时乐时，一派自在天真。

裹裹被子，好梦。

关关的“红楼之旅”

想让关关读金庸是很久以前的事了，书架上，金庸的书占两层，成套地堆垒应该吓到她了，迟迟不肯涉猎，只是拿本《老鼠记者》翻翻，又拣本《柳林风声》瞧瞧。

可是，有时候，无法企及的只是踮脚的距离，你不说，她不知，就错过了。

寒假，妈妈将一本《天龙八部》放到她的手里，对她说：“试试，很有意思。”

《天龙八部》并不是金庸小说里最易懂的。磊落豪爽的乔峰，儒雅多情的段誉，呆萌实诚的虚竹。后来，乔峰的仇家遍地，段誉的妹妹又颇多，虚竹小无相功、折梅手、生死符、六阳掌、降龙十八掌功夫名目繁多，让人不免担心，临敌当下，对方一掌封来，他会不会纠结那些路数到底选哪一个？三条人物线，三种价值观，孰能引起她共鸣？

那么，就让她去权衡、去选择、去褒贬评判。那个寒假，小姑娘为乔峰抱怨过命运的捉弄后又翻开那对驾雕的侠侣吃吃地嘲笑郭靖的傻，既而又指责带有主角光环的杨过那与生俱来带刺的偏激。

江湖日行久，难免沾惹些江湖习气，暑假，妈妈的任务，就是带关宝从金庸的武林情仇中退将出来，再赴另一个趣处。

这个假期，关关解锁新书《红楼梦》。

随着冷子兴的八卦和林黛玉乘的端端四人轿，荣国府的门大开。这个不满 12 岁的小姑娘探头进来，嶙石峋岩，廊道云桥，花深双蝶影，春归荷锄人。众人来往纷纭，人声赫赫。还好，小姑娘并未退却，她只是愣愣神，遂一步一步丈量起荣国府的风物人情。

妈妈提议，梳理前五回内容，不妨画出主要人物关系图，样式嘛，自然应是现实中常呈现的那种矩形箭头图。

前三回共读，一字一字再演义，结合 1987 年经典版电视剧里的桥段，点出书中人物名字的深意，往往深扣着他们的脾性命运。余下便交付给她，任她一句一句勾勒出人物的音容笑貌，一章一章拼起人物的前尘往事。直到一张人物关系图交到妈妈手里，执笔画出来的，却是一个个小人儿纸上徐行。

啊，这个有趣。

一张 A4 纸，纵横交错的人物图。贾母额头挂三横皱纹，老态龙钟；惜春拉着大箱包，甩一句“我走了”，头也不回地搬到荣国府；贾琏和王熙凤各执绸带一端，中间大红绣球煞是惊人，表明彼此亲近关系；细看，贾政、王夫人，贾赦、邢夫人，甄士隐、封氏莫不如此。画风热闹，可观性足。思维导图原来也可以有感情！

闲坐漫聊，问起其中情节，如：

“秦可卿出殡的情节给你怎样的感觉？”

“排场大，她对贾府来说很重要。”

“那，她的丈夫是谁？”

“是贾珍（其实是贾蓉）吧。书里写他哭得分外伤心。”

妈妈心一惊，居然这也注意到了！

遂总结红楼众生相：

林黛玉，有才，可是就知道哭。

薛宝钗，识大体，人缘好。

王熙凤，心狠手辣。

薛蟠，呆。

那道人、和尚至少出现了5次。

宝琴空降贾府，贾母为什么那么喜欢她？好奇怪！

刘姥姥进大观园种种趣事又让她拊掌而笑："真是，真是……"

真是什么呢？我想：真是可怜啊，萌憨老态的刘姥姥做出种种匪夷所思的举动，任人取乐；真是可叹，乡野小民落入繁华之地，怎不显卑微鄙陋？真是可悲，三入贾府，见证由繁盛到凋零的不仅是花木亦是人事常态。

"流光容易把人抛，红了樱桃，绿了芭蕉"，木心改作"绿了樱桃，红了芭蕉"，其中深意，自不必说。读到第一百一十回的时候，小姑娘感受到了贾府势落衰败，已经无法接受了，读到黛玉香消玉殒，她发问了。

"我发现一件奇怪的事。"

"嗯？"

"贾宝玉做梦啊，他梦到过金钏，金钏和他也不怎么好，还梦见晴雯，那林黛玉死了，为什么他一直没有梦到？那么亲近的人，怎么可能梦不到呢？"

"这，可能，真的是缘分已尽吧。"妈妈的回答还不及她的问题问得深彻！

一场镜花水月的人间梦，让古今多少人为之痴迷为之扼腕，宝黛之情，知己也好，情人也罢，抛去这些，书中无一闲人，无一赘笔，整本书宏大的布局，每一回精致的细节，哪一处不让人膜拜？

梦醒，合书，开学。

然而，小姑娘的"红楼之旅"才刚刚开始。

梦醒时分

噩梦。醒。

时间，夜里 11 点。

隐约，投身于一场抗日谍战，只是结局失败。

知败局已定的时候，看到两个小孩儿在身边盘桓游走，前面大一点的女孩儿，只是模糊的背影，向甬道深处跑远了；另一个男孩儿，举黄棕色糖人儿，饴糖拉密丝编织成片状，形如云帆，傻头傻脑地寻她。

我认出他，竟是翰宝。为客串我梦中的角色，他换上褐色粗布衣衫，瘦瘦小小，上衣越显肥大，以至盖过膝盖处天青色长方形补丁，时局动荡的年代，衣食不足的恓惶色倒是没有，眼神仍有不更世事的天真单纯。

唤名字，他进来。俯身环抱他。我应是坐在某一高处，潮湿不采光的小屋里的床沿或是郊外一方土筑矮墙，不确定。

梦里寻常可见高窄的弄堂墙壁，灰扑扑的旧光景。有阳光被高墙深巷裁作细长条，一路平铺在坑坑洼洼的青石路上。哎，又是我心心念念的江南风光。拉黄包车的、闲散的江湖郎中在那条窄亮的天光里逐个登场，劳苦搏命做了皮影戏幕上的牵线傀儡。

但又不拘于此，北方的场景也是有的。目及之处，浅碧色的河水环抱几株衰柳，冷冷清清，烈烈风潮间歇性地推送，高过腰身的荒草在风中倾倒又忙不迭地立稳，反反复复。我在其间穿行，执行一次任务返回途中，仿佛披星戴月多天，却两手空空，是送达了一封书信吗？

然而不料，被发现了。

一人来，灰蓝布衣整齐穿戴，自言精通医术又会算命，要帮我一算。万不该的，梦里的我那样好事信命，伸手出去。那人五指前关节立将起来，宛如鹰爪扣搭我腕处，半眯眼切脉，片刻，睁眼，目光如炬。

“哦，你的身体基础不错。看脉象无大病症。”

“哦。”因我是潜伏者，立场应不卑不亢，听过，虽心泰然大半，外在却不动声色。

“但是……”他停顿半晌，“我还读出你是为了一份事业奔波，隐姓埋名这么多年，很辛苦吧。”

那人出门离开，似一切尽在掌握。

周围爪牙分布，错落隐蔽，无非是让我去寻同党，草蛇灰线，助他们挖出下一个联络人。

我没有迂回辩驳，心知对方已清澈明了，身份已暴露，赤心一片，内心燃出无穷的勇气，己身孤影已然全都付诸命运的安排了。

梦里拥抱翰宝的时候，我身着一袭缎面银底团花旗袍，花是怒放的牡丹花，呈丁香紫色，忧郁冷清，许是任务失败的伏笔。

弯下腰，才能环抱到翰宝小小的肩膀。告别，不舍，我早已泪流满面，抓住最后的分分秒秒，附在他的耳旁嘱咐些什么。说罢，抬起头，甬道长廊背景是少女的胭脂色，绮丽非常。这一天将晚，是华年退却，是人生落幕，结果注定败得昏天暗地。

绝境难有翻盘，悲痛到无以复加的时候，我从梦境抽身而出了。

夜里 11 点，经了一场梦后，又躺在现实的夜里。关宝紧紧实实地挤在我和翰宝之间，她睡前似乎俯耳和妈妈说过，刚在客厅看完书，要和妈妈挨着睡。

此时，两个小宝贝鼻息此起彼落，他们各自入梦在与我不同的虚幻世界里。

也许，不然。

翰宝嗜糖，举着糖人儿奔跑嬉戏应是梦里常景，梦里，该有妈妈陪伴，梦里我们可能会不小心遇到。只是他一心在糖人儿上焦灼，未必记得妈妈最后的嘱托。

梦境纷繁复杂。现实的种种缺憾，常会在梦里得到补偿。千里迢迢的路途，举步抵达。现世再也不会遇见的人，攀谈甚欢。

可还有一种梦境，惊风密雨，百般刁难阻挠，终于在将要失去的那一瞬清醒。心惊肉跳、泪雨滂沱里触及枕边人，失而复得地窃喜。

今晚有圆满的超级月亮，有人引颈驻足；梦醒时分，我竟独自享受这寂寂无声的安稳。

作画：翰宝

酸儿辣女

对于初为父母的人来说，高高隆起的肚子就是现在市面货架上摆放的盲盒，包装大同小异，内在秘不可观，小心呵护，只待那一天开启，揭开谜底。

那时，妈妈自带一个“大盲盒”，小区遛弯儿，偶尔碰到花白头发的奶奶带孙儿戏耍。她们喜欢猜盲盒，端详出个形状高低，再盘问孕妈妈的口味偏好。

彼时妈妈最喜欢流连于街头小吃摊儿。

夏天的碗坨摊儿，下午 4 点后才在楼下摆开，成品的碗坨薄薄地在碗里盘作一圈。取一份，用小刀斜划作菱形块，加醋酱汁，花生碎。小桌儿上有自取小料，接一碗过来，香菜段加得足足的，辣油一勺半还嫌味道不够。

冬天深夜去撸串，摊主搭棚布灯，昏黄的灯光下清汤、麻辣两列排开。当然要选麻辣的，面筋素肠吸足麻辣油花，裹穿一件鲜花亮眼的红衣，一口下去，辣得过瘾，麻得爽口。

除此，还喜欢单位对面大碗羊肉面馆里的炖羊骨头。许是小馆买的都是半大羊，骨头不大，煮过老汤，肉嫩味厚，配点辣酱，每次去都要吃下一大盘。偶尔吃出的骨码，武先生都要留下，用几片抽纸裹揣着，回家细心拿小刀刮干净，暴晒，干透，给即将到来的宝贝玩儿。

去得多了，自然熟络了。老板娘60多岁，笑眯着眼，顾客不多时，喜欢在靠里的那张桌子前抽支烟，笑眯眯地观望。

“你这一定是个女孩儿。”

“为什么？”

“酸儿辣女呀！以后肯定爱吃羊肉！你爱吃啥，她就爱吃啥，她爱吃啥，你就爱吃啥。”

十几年过去了，老板娘的话应验了，关宝是个天生的肉食动物，嗜辣，一小碗碗坨可以当一顿正餐，只是还不会玩儿爸爸给她雕刻的骨码。

翰宝在妈妈肚子里的时候，妈妈就知道，盲盒拆封后，应该是一个男孩儿，因为，他和姐姐的口味完全不同。

鄂尔多斯市有名的烩菜馆是“屈氏烩菜”，规模大到普通巷里密集排列着好几家连锁店，依编号定名“屈老大”“屈老二”“屈老三”等，以此类推。

小区东街有家屈老四，我们一家三口是常客。去店必点一份豆角烩菜，再拼一盘凉菜。烩菜装盘，上撒绿碎葱花，土豆软糯，大的土豆块，碎的土豆泥，五花肉或猪排骨色泽红润肉质鲜软，又有豆角配菜，营养美味。烩菜有几种，按肉类分有五花肉、排骨、腌猪肉等，按配菜分有豆角、腌酸菜。对，就是腌酸菜，妈妈最不喜欢。

腌制品缺新鲜，味又重，难被作料改造，又不被其他肉菜调和，就像是一癞头和尚混入庄严的寺庙，总是不上台面，格格不入。在鄂市十几年，和腌菜有关的一切菜品，妈妈也绝难上箸一尝。

尽管妈妈认为所谓的“酸儿辣女”是茶余饭后闲聊的妄语，不小心以讹传讹。可有了翰宝后，这句话应验了！

每每再去烩菜馆必点烩酸菜，猪骨头烩酸菜、五花肉烩酸菜、腌猪肉烩酸菜。肉不看，土豆不夹，先用小碗把酸菜拣去大半，入口的菜中饱蘸了醇香的汤汁，中和了肉的油腻，弱化自身的酸烈，真是开胃佳肴！一边吃一边怀疑过去十几年，为什么要错过身边这等人间美食。

后来，3 岁的翰宝跟随爸爸、妈妈搬离了鄂市，远离了东路烩菜馆的酸菜味。所谓辗转人生，就是换了同行的人和不同口味的饭菜。

其实，从呱呱坠地的那一刻，翰宝就没吃过酸菜，因为妈妈换了口味。

他会记得吗？

会的。

就像有些遇见，是命中注定的偶然；有些重逢，是念念难忘刻于灵魂的诉求；有些味道，会在味蕾上留下印记，穿过时间的邈远和空间的阻隔寻回记忆的原乡。

此刻，翰宝一边一颗颗地夹出三明治里的虾仁，一边抱怨虾仁真的太难吃。

嗯！酸菜三明治，或许可以一试呢！

踮起脚尖去读书

胸藏丘壑，城市不异山林；兴寄烟霞，间阎有如蓬岛。

疫情来，读书时。

交给关关一本《苏东坡传》。作者林语堂，立志并跨中西文化，成就宇宙文章，他的汉语功底之厚及英文著作海外名声之盛，至今无人匹敌。《苏东坡传》用英文写就，张振玉译本难能可贵地实现了英文原著中文译本的珠联璧合。所以拿到这样的一本书，是读者之幸，也是关关之幸。

读了几天，问关关如何。

关关笑说："书不错，只是里面的王安石真是太邋遢了！跳蚤在其胡子里安家！有人看他脸黑，还以为他病了，找大夫一看，原来很久不洗脸了！"

猜到她会说王安石，当年读到这些，妈妈也觉一代名相居然是个邋遢宰相！

"有意思，那你之前学他的《梅花》，是不是没想到他居然这样？"

"没想到！而且他还懒，吃菜他只吃离他最近的菜，远点的他都不想够着吃。皇帝都拿他没办法。"关关边说边叹惋摇头，明明是她拿王安石没办法！

“所以，古人并不是我们想的那样高高在上，尘世不染，他也有自己的小脾气，小缺点呀。”

这本书，关关读的进度很慢。和她读过的书比，《苏东坡传》不似《西游记》有扣人心弦的降妖情节，也不似《红楼梦》那般草蛇灰线。它是传记，记录东坡的童年、青年到入仕、遭贬流放；也属散文，不避作者个人感情，动情处，仿若与东坡并肩共处，“乌台诗案”后同赴颠沛流离地，月下共踱步朗朗无碍心。自然，作者又喜欢揶揄东坡的政敌王安石，在历史记载的基础上再添加让人捧腹的细节。个人的成长、政敌间的纷争糅合在庞杂的人物关系里，再涉及升迁谪黜，官秩考核，诗词穿插印证，等等，五年级的小朋友读，自然会慢。

《月亮与六便士》中说，为了使心灵获得安静，每天我们要做两件不喜欢的事。不喜欢的事，常常是难以企及却有益自己的事。就像有些书，虽是轻易就能知会的，却无多大用处。而我们需要读的是踮脚才够得到的书，那才是让我们进步的书。

晚餐时，关关忽然问弟弟：“你说，吕布厉害还是孙悟空厉害还是葫芦娃厉害？”

弟弟略思考：“吕布最厉害！”

“关宝，这怎么比的？”

“妈妈，我今天刚给他读完‘三英战吕布’，他对吕布很感兴趣。”

想起来最近翰宝的读物，《西游记》《哪吒闹海》《葫芦娃》。

“《西游记》他能听懂，是里面有一只猴，《葫芦娃》里面的蛇精、螃蟹精也易懂，你给他读《三国演义》，太深了吧。”妈妈明白，关关也在让弟弟踮起脚尖读书，可她忽略了弟弟的身高。

“没事，他听得懂呢！”

饭后，关关追着弟弟继续演义三国。读完，提问题检验：“你猜，关羽回去找刘备的路上遇到了谁？”

前面的情节里，吕布已赴死城头，了却了他三姓家奴纠结的一生。义绝之关羽投靠了曹操暂保性命，同时默默等待时机回归刘备。曹操对关羽百般优待，前送战袍、金帛，后送美人、名马，终阻不了关羽离开。

“吕布！”

“吕布早就死了！”

妈妈来插科打诨：“翰宝，吕布和诸葛亮两个人哪个是猴？”

关关紧张到了极点，像极了期末考试科任老师担心学生胡乱答考卷。

“嗯，吕布——不对，不对，他们不是什么猴。”考生狡猾，又从考官的圈套里滑步出去。

“那《三国演义》里谁是猴？”

“猴是《西游记》里的啦！”

关关长舒一口气，妈妈也颇感欣慰，翰宝学会了踮起脚尖读书，虽个头儿小些，可愿意踮起脚尖去触碰，即使是天空呢，也能离那蓝天更近一点。

厨房烟火气

疫情时，除了感染之风险，最让人忧愁的是什么？自然是居家日日准备三餐之苦。

每每用完晚餐，两个小朋友睡在床上，又开始期待第二天的早餐。

“妈妈，明天做一个三明治吧，夹些芝士，夹个鸡蛋，夹些火腿，再夹些生菜。”

“没有生菜了，这两天菜都买不上了。”

“那就夹点番茄吧。”

“好的。”

第二天才发现囤的面包已经过期。四顾茫然，想起手抓饼还有两张，电饼铛预热，把饼铺平，打鸡蛋，几抹香其酱，嚯——终于成了一餐饭。

一日三餐，对妈妈而言，就像学业不精的理科生每天必考数理化，硬着头皮迁移组合，联想实操。

疫情期间只能在房间溜达，早餐后，从茶室到客厅，再到厨房，就又到午餐时间了。中午正餐要费些心思。小红书收藏的菜品一个个地尝试，失败了很多次，也有成功的，慢慢地，把两个小朋友的嘴巴喂得刁馋了。

饭点快到，翰宝坐桌前等，看爸爸在厨房忙，期待的姿态还带些审视的表情。爸爸的饭菜，是博采众长式的，把目之所及的食材都要放到一锅里炖；也是专情式做菜，什么菜都要加老三样：粉条、土豆、豆腐。

一碗带汤烩菜摆上桌，翰宝挑了挑，皱皱眉："爸爸，你做的饭菜，我不喜欢吃，我喜欢妈妈做的饭菜。"

暖心姐姐怕爸爸尴尬，为抱不平，责问："你拍马屁的本事哪儿去了？今天怎么还说实话了？"

这刀补得扎实！

4岁的翰宝听不懂新词，跑题连问："什么叫拍马屁呀？"

其实，爸爸平时在厨房是帮厨角色，偶尔因为妈妈忙，升任主厨。偌大的舞台，任意驰骋，运斤成风。终于，某一天下午，一锅饭菜冒了黑烟。妈妈闻到了，姐弟两个也从楼上冲将下来窥测，叽叽咕咕一会儿，又冲上阁楼。

关火，提锅，倒水，锅底传来沙沙响，汤上几片焦黑的菜叶兀自打转。已经没法补救了，现场还凌乱，硝烟也未散尽，作战人刚刚吃了败仗，面露恓惶神色，追悔不及。

妈妈挥铲，第二次饭菜上桌，唤两个宝贝下楼吃饭，两个宝贝挨身下楼，一个脖挂针织厚围脖，掩了口鼻，只剩下眉眼；一个戴了大口罩，故意"咳咳咳"，纯属奥斯卡最佳男女主角的本色出演。

妈妈对面食，向来习惯退之避之，和面时千肠百转，软硬难拿捏，发面时面常常迟钝，揉好的馒头大小不一，最后上笼，像是祖孙三代扎堆蒸桑拿！就在最近，居然蒸了一笼像样的馒头，没等吃完，施施然又来第二次。二次发面步骤结束，开火蒸。网课如火如荼地进行，一节课下，锅里的水蒸干了，可怜那两笼馒头焦了，黑头黑脸化了烟熏妆，掰一块儿入口，嗯，最真实的烟火气！

近20天足不出户，一天近5个小时在厨房忙碌，如果把每一次做饭的画面拍摄下来一帧一帧播放，配侯健的经典歌曲《武林风》，厨房变江湖，“饔子左右挥双刀，脍飞金盘白雪高”，画风也不违和。

锅里热油，扬扬几缕青烟，等待吞吐万物。毋庸置疑，炒菜最难的一步就是炝锅，葱、姜、蒜、花椒、八角、干辣椒等着下锅，做好万全准备，先换件长袖衣服，手缩袖子里，戴高腕橡胶手套，哆哆嗦嗦地走近，远远一抛，弧线入，转身疾走。武先生旁观，啧啧称奇。

细观，这一幕应是奥运会击剑项目的经典动作。抽身出局，放眼历史，古希腊已出现了击剑运动，为了防范对手，同样的，他们也要戴上手套，穿上击剑服，进行一连串的攻防交锋。比拼的也是进攻时的敏捷和退让时的迅速，以及面对危机时迅速判断出下一步的步伐目的。

“雪沫乳花浮午盏，蓼茸蒿笋试春盘”，那是难以企及的人间清欢。或是红红火火或是恍恍惚惚，结果是游刃有余，色香味俱全的一餐饭，也可能是费尽心力最终一无所获，这是寻常烟火气。

想想人生所历，不也如此吗？

最喜小儿无赖

以前，一直都以为，一个男孩儿，虽不能像古时少年横刀立马，但至少无畏无惧，沉默如金，说一不二。

没想到，在你的想象里，洗衣机转筒声是专吸小孩儿的大型吸尘器发出的轰鸣，黑暗处常常有一个大号抓娃娃机械手臂伺机而动，飞过的虫子无论多大都有着致命的杀伤力！

谨小慎微的意思是，对琐细的事情过分小心谨慎，以致流于畏缩。

逗趣式的聊天儿："翰宝，妈妈明天要上班了……"

"可是我爱你。"你嗫嚅着，眼里已经闪出泪光。

谁说男儿有泪不轻弹？你自制的水珠子那么大，故事都没开始渲染呢，就扑簌簌满脸了。

"哎呀！疼——"这是你的口头禅。你是永不休止的滑翔机，在我们面前呼啸奔驰，碰到哪里都是正常的。可第一时间你不是去揉揉痛处，而是一瘸一拐忍痛过来看看妈妈、姐姐的表情。

从来如此，就很有趣了。

"妈妈！你还笑！哼！"

"妈妈，我摔倒了，姐姐她还笑我。"

一溜烟，受伤的小朋友钻桌子下面了。

“翰宝！翰宝！”

“请不要在我生气的时候和我说话！”

“气要生，饭也要吃的。”

今天有妈妈辗转 4 个超市凑齐的火锅食材，能在这样艰难的条件下吃火锅，真是奢侈！

你神情庄重地从桌子下爬出来，细细辨认每个人的表情，看有没有一丝不怀好意的笑。侦察无事，终于坐好。

“妈妈，这个火锅看起来有点耳熟。”

“那是眼熟。”好久没吃火锅了，锅都不记得了。

“你多读点书吧，别总是玩车了。”爸爸告诫。

“那是不是读了书，一玩车就忘了读的那些知识了？”

“当然了！”

“那可以先玩车，再读书，这样读书放到后面，就不会忘了呀！”

“歪理！”

你的学业已荒，从国庆至今，妈妈、爸爸、姐姐上网课，你停学在家。大家都有课的时候，你常常无所事事，一个人在空房间游荡，或偃仰啸歌，或喋喋不休。偶尔驻足门外谛听动静，大叫，拍出杂音。

“给我手机吧，要不我还得捣乱！”口气像打家劫舍还振振有词的山中小匪。

你有时运筹帷幄自带选择题来，敲开门，头仰起，表情严肃地谈判：“玩手机还是看电影，你选吧！”

阴谋少有得逞，一般情况，网课三人组会调度其中一个抽身周旋。

只是担心，如是三年后，你的幼儿园文凭是不是要大打折扣了！

其实在幼儿园里，你是文明宝宝。细心的刘老师说，你谦让，有礼貌，不发火，有小朋友踩到脚会拉着小朋友，亲切而慢条斯理地讲道理。

姐姐说：“家里几个小玩偶身负重伤，你跟前跟后，帮拿剪刀，取针线。最大的工程是一只小熊，头居然掉了！缝的时候，你怕小熊疼，给它讲故事，为它唱歌。”

这么多面，究竟哪一个是真实的你？

写下这些文字时，爸爸和姐姐在上网课。你看着屏幕里褒贬你的文字一个个输出，一边环抱妈妈的右臂，一边用肉乎乎的脸蛋儿蹭来蹭去，偶尔还要闻闻妈妈衣袖的味道，深长地闻，像是要确认，又像是要牢记。“最喜小儿无赖，溪头卧剥莲蓬”，辛弃疾笔下，也有一个这样的无赖小儿，憨态有趣，无所挂碍。

楼下有人喊楼号做核酸，挨户敲门，十万火急，人间日常，不过是有序中的凌乱。

一枚秋叶被季节抽干水分，随风上下翻飞，自由自在。

偶尔掠过南飞的雁声，这些过客依去年的时节路线，从寒冷的西伯利亚排阵，飞往南方过冬。不知此行它们是否会比去年慢一些？路过朔北城镇，巷陌大多静默，完全可以敛翅涉足徜徉片刻。

这些，你都不管。

你在听《西游记》，听得专注。唐僧又在念紧箍咒了，念的是，吃葡萄不吐葡萄皮。

童画

难得安静。妈妈、爸爸、关宝共聚一室，妈妈备课读书，关宝写作业，爸爸在上报疫情信息。

那个常常出来扰人清净的小人儿哪儿去了？若循了扬扬温婉的音乐去寻，可以看到他，铺一张大白纸在地板，平身匍匐，右手执一支粗彩笔，歪头，作画。

翰宝的画属抽象派，却与师从谁者无关。

放学，幼儿园排队。翰宝出来常右手拿一张纸，高高扬起展示：“这是我画的！”接着，最难的考题来了：“你猜，画的是什么？”

妈妈也是阅过一些人间的，然而，怎么可能猜得到？

天上一抹云水蓝，舒卷自然，一定是老师的笔触，可左下角那是什么？几枚橘黄色小椭圆，食指肚蘸颜料盖上去的形状，在几根杂草一样交错的淡绿色彩线上翻滚。这个是无瓣无叶的花心？是陨落凡间摔得变形的太阳？

“是——好难！”

“妈妈，你居然没有看出来？哼！”

虽说母子连心，可 4 岁孩童不可小觑，他们常常自以为可以控制周遭万物的运转，妈妈也应是无所不知的……

还有一张，3 块圆锥形蜜橘色，竖立在平面上，是胡萝卜吧，又生出一些抽象的线条：是风来，自额头飘起的皱纹？是不修边幅，头顶丛杂的发丝？是生性粗陋，黑雾状笼于前额的一团乱发？

“萝卜精（幽）灵？”

一番劝解，备受打击的翰宝带了哭腔解说完。其实，画，是乱码，一半意思画在纸上，画得不清楚，一半意思藏在心里，讲起来也语无伦次。难煞。

疫情期间，翰宝随姐姐作画近一个月，画风终于有了可观的进步，4K 的素描纸上，挥笔作画。公交车，先勾一个大而长的长方形出来。

翰宝作若有所思状：“妈妈，我有一个词。”

“好，你说说。”

“首尾相接。”

最近是成语爆发期，有时翰宝按捺不住澎湃的豪情，吟三五成语出来，这一点颇像古人观海则情溢于海，兴致所驱，往往不能自已。

公交车的轮子画不圆，常大小不一，控笔还待加强。但画出来，倒也和长方形车厢贴合。又加一个个车窗，一层层密密匝匝叠上去，是多层巴士吧。

喜欢窗户的孩子多外向，乐于交流。路口红灯，翰宝摁下窗户，和旁边车里的司机、乘客挥手问好，高一头的公交车里，目不斜视的司机，终于被他唤着转过头。叔叔笑，他摆摆小手，眯眼，露出几颗有蛀点的小黑牙。车行进，一辆车在右鸣喇叭，司机摆手，不无担忧地告状：“你们孩子刚才还开窗和我打招呼，不安全啊……”

因疫情，久不出门，久不坐公交车，苦矣。

翰宝喜欢坐公交车的整个过程，路上搜寻站牌，在站牌旁等，与等车的老爷爷攀谈，细问对方打哪儿来，到哪儿去，是否常坐这趟线，还坐过哪趟线，等等，直问到车来，老爷爷恍惚此行何处。上车，车窗外的风景应接不暇，从城市中心坐到近郊，从喧闹坐到静谧，乘客上上下下，流动出一幅多变的画面印在他的脑海中。他喜欢车，多是喜欢运动起来的新鲜状态。

翰宝画一艘轮船，轮廓颇大气，呈阶梯状，下有蓝色波浪线助推船的行进，这么契合现实，应是运筹帷幄后的歪打正着吧，只是船头还端端挂一个小圈。

“这个是？”

“救生圈啊！”

翰宝是个旱鸭子，为自己做长远打算未尝不可。

一辆列车“咔啦——咔啦——”开进画纸，一节一节车厢排排队。铁轨在笔下一条一条乖乖躺好，画就，“呜——呜——”火车开动啦。

“爸爸，这辆火车叫什么名字呀？”

“叫‘复兴号’。”

“为什么不能叫‘和谐号’？”专业人士提问确实不同凡响。

每每画房子，无论大小，必有烟囱，这是和姐姐学的。确实，三角顶正方屋，太过规整，没有烟囱多么单调。可姐弟俩哪里见过烟囱呢？

妈妈记忆中，那个近郊的小镇，每每夕阳沉落，霞光渐次铺出锦绣，婆娑柳影间几缕炊烟，袅袅娜娜，氤氲出人间可亲近的烟火气。树那畔，小伙伴们无休无止地玩耍，炊烟淡淡失于夜色，家人的召唤，一声一声，此起彼伏，牵我们回家。而今，家乡难以亲近，“暧暧远人村，依依墟里烟”也只能在诗画传说和记忆里寻找了。

还好有画，为这枯燥且变化莫测的疫情期添了些许色彩。

地板上，两个作画的小朋友头抵着头，细勾纸上云锦，线条粗朴，一派天真。

冬安

一

月食出现，多个网站预告直播，想来应是盛景。

带关关和翰宝上露台。对面楼宇橘色灯火映亮黛蓝色的暗淡穹宇，寂寂四围天际晕染出朦胧亮紫色。举头东南一隅，浮几片薄薄的云，虽是淡淡一层，也足以遮盖那枚红月亮。

不见月亮，两个小朋友失望顿足。关关查，这一次天象奇观是月全食巧遇月掩天王星，极罕见，错过，下一次出现要等到公元 4344 年，2000 多年后了！2000 多年，不可想望。翰宝对时间无概念，只知道要很久，跳着小蹦高喊着月亮出来。

露台风大，我披一件羽绒服，腿上一件薄薄睡裤，不能坚持太久。两个小宝贝团团缩缩，再等下去，若是感冒了买药也不方便，况最近青城关注点多在顶楼，两个小朋友大呼小叫，夜风传声，不定又生出什么龃龉误会。

下楼。

翰宝已经念念不忘了。

“妈妈，月亮为什么会变红？发生了什么事？月亮上面是不是太空？”

月亮，对他而言，不仅是天边垂挂盈亏不定的亮片，还是和一些奇怪的事件、神奇的现象关联的魔法星球。

中秋节，桌上摆了瓜果、月饼。

他忙着追在后面：“这是什么？”

“瓜果、月饼呀。”关关说。

“这要用来做什么？”

“供月亮。”

“供？什么是供？”

“就是让月亮吃这些好吃的呀。”

“吃？这些？月亮的牙在哪里？”翰宝困惑了。

关关答不上来。神话的给养和科学的灌输告诉她，月亮是一颗围着地球打转的星球，是人类探索的第一颗星球。而对玉兔、嫦娥、桂树，也属模模糊糊地相信。

第二天一早，翰宝真的从半个西瓜上辨出两个牙印。庆幸的是，月亮有些挑食，只吃了一小口西瓜，连他的火龙果都没动。

二

冬，止，终也，立冬，四时尽。

立冬的第二天，下楼做核酸。

春梦秋云，树下一片狼藉，像一位来不及收拾行装的租客，慌乱间，琐碎遍洒一地，临别洒几滴不舍的泪雨，终于别去，再无瓜葛。

一切，静等朔风打扫。

因疫情，这里的人们，3 月错过了柳条返青、杏花吐蕊的初春，10

月又与萧萧渐积纷纷犹坠的落木之舞擦肩。初春的秘而不宣，到深秋的缄默不言，竟都不曾亲近，未免遗憾。

可细看，树枝老干间还是有一两个绿芽萌发。树下，还有一株花仰面回应。花纤弱娇小，呈山茶红色，在初冬的温度里，瑟瑟无依。挖去一些土，露出它纤细散漫的根系，捧回家，连同关关在别处找到的两株、三株一起栽种。关关和翰宝日日浇水呵护，陪小花聊天儿，观察它们的长势，及时上报。

“妈妈，这花可能叫翠菊，还有可能叫千日红，每天要照 8 小时太阳。”关关查清它的身世系属。

“妈妈，花的旁边出现了一个不速之客！”翰宝又在炫他的成语。

“那是土里带的草籽，留着吧。”

“妈妈，有一朵谢了的花有种子，好多好多种子，姐姐又把它们埋到了土里，明天它们会长出一大盆花的。”

置身一隅，自由而富有想象的心怎么会被四面坚壁、紧锁的门户软困?

三

立冬三候：水始冰，地始冻，雉入大水为蜃。

前两候肉眼可见，身体可感。有趣的是第三候，雉入大水为蜃。蜃，大蛤。雉鸟立冬后销声匿迹，同时海边蛤的数量增多，且壳纹与雉羽纹路相似，古人推算，应是那些雉入海化作了蛤。天马行空的推断，依据许是看到鸿雁南渡，相信消失的生命会以另一种形式生生不息，这亦是想象的妙处。

理性的今人，在立冬这一天，只能顺延习俗，交出一盘热气腾腾的饺子，相比较，古人要浪漫感性得多。

一味理性，是方正的金属盒，落了世故的霜雪，潮湿、锈斑，没有希望的冰冷。

最喜孩童天真有趣，感性少年拏云壮志，成年后不弃真我，老来随性绵深，此即为饱满的生命。

窗台边的冬阳里，两个雀跃的小身影。

冬，安。

作画：翰宝

讲个故事让你笑

关关是妈妈用故事喂大的，幼儿园中班已能独立识字读书，一张巧嘴讲起故事绘声绘色，闲来和爸爸抬杠总居上风。

到了翰宝，妈妈越来越疏懒，即使这封闭的朝夕相处的 40 多天，网课、作业，还有三餐需要研究菜肴，解锁面食新品类；读书、运动、写文……陪伴阅读少，近乎散养。某天，爸爸亲子读书，翰宝竟甩出 5 张百元压岁钱做“封口费”，让人心惊。不得不说，有些特质，天性使然。

还好有关宝，短短一月余，不遗余力地把翰宝从一个游手好闲的故事小白塑造成一个博闻强识的故事大王。

台灯旋出温暖的光线，被子薄而柔软，一夜一度的故事大会开始了。

翰宝讲故事，讲究热场。

一辆出租车，它想给自己取一个名字，是出出、租租，还是车车呢？好，那就叫租租吧。

有一天，出租车出去玩儿，遇到了一个人。那人问：“你叫什么名字？”

出租车说：“我叫租租！”

那人说：“什么？原来你叫猪哇！”

这个无厘头的故事原是妈妈编给翰宝听的，一来投其所好，故事里有他心爱的出租车；二来容易笑场，有戏谑的对话，有趣好玩儿。

接着讲乌鸦的故事，《乌鸦喝水》与《乌鸦和狐狸》。

《乌鸦喝水》，翰宝讲得很快，他对乌鸦投石取水的方法和寓意完全不感兴趣，只陈述步骤，若为讲述配上画面，那要3倍速快进才跟得上。

来不及多想，河边的乌鸦又落到树上，布景换，衔一块肉。树下，狐狸极尽溢美之词，欲得肉。

对话流于碎碎念。

“乌鸦，你太美了，比火烈鸟都要美100倍。”

乌鸦不睬。

“乌鸦，你太美了，比火烈鸟漂亮多了。”

乌鸦不睬。

“乌鸦，你真的比火烈鸟美多了。”

啪嗒，肉掉下来了。

翰宝的这只狐狸的台词颇有个性。火烈鸟的灵感从哪儿来？也许他到过动物园，或是跟着姐姐看过相关纪录片，脑海里根深蒂固最美的是火烈鸟。一个通体着玄黑衣，一个是白羽夹玫瑰红羽毛，这两个色彩对比鲜明，相形下，视觉冲击确实大。

可是，漠漠寒秋，疏林萧瑟，常拣一枝古木栖的乌鸦会不会好奇，火烈鸟是个什么东西？

故事结尾，当然还是狐狸吃到了肉。想来，这只乌鸦并非因为唱歌而张口，应是忍不住要盘问火烈鸟为何物而失去美味。

第四个故事《白雪公主》。

几代人的童年都有这个记忆，公主肤白如雪，发黑如墨，唇红齿白，7个小矮人淳朴善良对她极力呵护。翰宝也深深受其影响，一天临睡，脱上衣，忽然自我艳羡起来：“哦，我这水嫩而又雪白的皮肤呀！”让人绝倒。

故事到白雪公主被王后暗害，7个小矮人搭救那一段。

翰宝讲，白雪公主终于醒了，醒来之后，她竟然看到了——7个小和尚。

“小和尚？”

“嗯。”翰宝再次确认。

姐姐在一旁哈哈乐。

一念之差，故事竟易天换地，清醒后的白雪公主误入空门。若情节真是这般，只怕白雪公主最后要落发为尼，从此于佛门净土了却残生，而那个王后也可守着魔镜善终。

中西文化的碰撞在这一句里显露无遗，文化无国界，勾连才有趣。

若是时间还早，兴致高，还会讲讲武松的故事。此故事深得爸爸真传，算是压轴。

酒家现身，和武松一番攀谈，武松一碗一碗畅饮。

“十八碗酒！”翰宝抛出这个数字，露出夸张惊吓的表情。

他可知，宋朝的酒不是现在的烈性白酒，武松喝的，不过是黄酒，度数不超二十，据说十八碗不过十来瓶啤酒的水平。

酒足，带起紧张的氛围，终于，武松上山了。石上酣睡，风来，树响，老虎现身。

因所知有限，翰宝的故事直接跳到武松和老虎正面交锋上。

老虎张大嘴巴扑了过来，武松吓得头发都白了，一下子骑在了老虎身上，一口把老虎吃掉了！

全剧终。

听者愣神，打虎变成了吃虎，老虎被迫献身，提前领盒饭；武松呢，瞬间白头不说，五斤牛肉下肚，未及消化，又加塞一只吊睛白额大老虎，似没底线的吃播。

故事大会终场，翰宝洋洋得意做总结：“好的，这次的故事讲完了，想要听更多精彩故事，欢迎关注微信公众号‘二宝与姐姐’。”

台灯暗，还回一窗明月，今夜若有梦，必是凌乱且可爱的。

生命的流光

早上7点，拉开窗帘，不见阳光。

打开枕边的台灯，唤醒近身的书桌，桌上堆叠着昨晚没有收拾的书本。屋里的一切还未醒，或者，它们一直未曾睡去。冰箱发出嗡嗡声，火热的工作状态为了维持内在的冰冷；钟表不知疲倦的铮铮声，是忙着做时间的减法还是加法？

室温很低。摸摸几组暖气片，略略残存的温度证明，它们不是一块废弃的冰冷钢铁。劳供暖公司费心，精准地预测到最近的气候动向，还预测到可能有大批人向“阳”而生。据说“阳”后发烧很痛苦，他们是在不遗余力地躺平，帮助“小阳人”降温。

翰宝视频通话时，明确说想妈妈，聊5分钟不到，忽然要结束通话。问原因，解释说不打算聊太久。言行不一的小家伙儿。

下班路上我买了一罐芝麻酥，故意在他面前晃了晃。

“那是什么？”他凑近，“是小蛋糕吗？”小朋友见识浅。

“给我吃点吧，怎么不给我买呢？”眼见他的口水润湿了嘴唇。想起姥姥讲，有一次看吃播正入神，无意中回头，翰宝不知什么时候守到身后，目不转睛地观看，贪馋得口水涟涟……

聊天儿继续。“这块蛋糕，妈妈打算把它全吃掉！”

“不要，你再这样，小心我钻进手机，再到你那边去！”

“好啊，正好，妈妈想你了！”

“我也想你了。”忽然暖男附体。

“妈妈，圣诞节你回来吗？”

圣诞礼物已经在路上，只是这个圣诞节，妈妈不能再和两个宝贝一起挂圣诞装饰，也不能半夜爬起来偷装礼物。

“圣诞节，如果你表现好，妈妈会和圣诞老人建议买个训练机，或者汽车。你想要什么？”

“嗯，让我想想——妈妈，你是怎么和圣诞老人说的？难道，你有他的手机号？”

“没有，那天圣诞老人出门，风大，驯鹿没拉稳车，后来，圣诞老人掉了下来，正好掉在妈妈面前。”承认有手机号，单线联系可能会变成多线联系，索要圣诞节礼物也像饭店点餐般随便，后患无穷。索性扯来一个弥天大谎遮盖之前的杜撰。

“啊，我怎么觉得你说的事情奇奇怪怪的？”虽然小朋友又在滥用成语，可话题成功转移。翰宝忘了给妈妈答案，如果追问，我猜，他都想要。

小朋友，很少会像大人一样掩饰自己的贪心。他的收藏品除了车，还有一些秘不可宣的宝贝：色彩各异，微不足道的雨花石；客厅吊灯配用的玻璃坠；春天，道路两旁树坑里捡来装饰用的鹅卵石；妈妈找了很久无果的胸针、项链；姥爷喝完酒后弃之不要的酒瓶盖。它们形状不一，用途各异，却有一些共同点：表面光滑，闪闪发光。

“妈妈，你看，这个闪闪发光的石头，它多可爱。你喜欢吗？”

转头，只是一块残次的雨花石而已，品相不好，坑坑巴巴，明显是他挑出来不想要的。

“不要！”

“你看，它那么可怜，身上还有疤！如果你是这块小石头，有人不要你，你是什么感受？”

“好好好，留下，我太喜欢了！”

小小年纪，换位思考倒是娴熟。

藏品虽多，比不过强大的攫取欲。全市解封的那天，驱车一路向北到大青山脚下放风，荒草离离，铺到山脚，一条木栈道弯弯曲曲伸向远方，远处游人二三，关关和翰宝在近处草丛中奔跑，天气虽冷，却能肆意撒欢儿，开心极了。路过一处农田，翻出褐色的土壤，是谁这么急性子，早早为耘豆植麦做了打算？

一回头，翰宝已经化身土拨鼠，猫腰弓背到处淘石头去了。关关一旁看着，作哂笑状。如果时光再退回七八年，北大校园，未名湖畔，逗完隐身在灌木丛中的猫，关宝低头寻的不也是一块块石头宝藏吗？最后她的宝藏太多了，又郑重地交给好脾气的爸爸保管，直到最后她看上一块巨型假山石，终于让爸爸忍无可忍，凌乱崩溃！那一次北京之行，最深的记忆就是那几块石头了吧。

除了放风，还有就是寻些肥土。初冬时从外面移回的那株不知名的小花在盆里安心生长。因是单枝，以为一朵谢了就不会再开了，谁承想呢，花朵未萎尽，又发出两枚新的花苞。

两个宝贝各认领一朵，每天早起，被晨光叫醒的他们，起床第一时间都要结伴去看自己的花有没有变样。穿透玻璃的冬阳让花儿纤细的丝瓣沐浴到春天的温暖，终于它们挣破薄绿的苞衣，对两个辛勤的“园丁”轻吐芳心。每天听“园丁”叽叽喳喳的实况播报，我才知，这朵花的颜色不是生来就有的。先是花瓣尖端染上淡粉，再层层递递慢慢地晕向花心，直至漫染了整朵。那过程不急不忙，意态踯躅，像是在给小观众讲故事，告诉他们，不要急，所有的美好，总要经过耐心等待。

后来，花呈深粉色，又名踯躅色。

翰宝看了这个过程，大受启发，拿出几枚“闪闪发光”的石头种进花盆，他说，他要收获一整颗闪闪发光的宝石。但愿圣诞老人能满足他的愿望啊。

时光飞逝，不觉已是5点，太阳西沉。

冬月，灰扑扑的天。脉脉流光中，思绪轻盈，蔓草般攀缘伸长。

初为“鹅父”

翰宝有只小企鹅布偶，蓝衣黄肚子。

某天，他怀抱小企鹅偎在妈妈怀里，用妈妈的手机和爸爸视频聊天儿。

接通。

“爸爸，你在哪儿？小企鹅，快叫爷爷！”

嗯？什么情况？问后才知，翰宝已为“鹅父”，妈妈也被迫升级，做了“鹅奶奶”。

当然，“鹅姑姑”是关关，也是小企鹅的配音和这幕随时随地上演的情景剧导演。

“可是，谁是小企鹅的妈妈呢？”

“哎呀，就是朵朵啦。”

“为什么？”这小子！思路清奇且不说，竟没有一丝的害羞感！

“因为这个小企鹅，就是朵朵带来的嘛！”翰宝不耐烦地解释。

朵朵，是一个 5 岁多的小女孩儿。脸圆圆的，眼睛圆圆的，手背上的手窝窝也是圆圆的。樱桃小嘴，清澈笑容，乖巧的、玲珑的、可爱的朵朵啊。

朵朵的妈妈是任阿姨，任阿姨是妈妈 20 多年的闺蜜。参加工作的第二年，任阿姨出京一路西行，不惧奔波之苦，穿过蜿蜒盘桓的贺兰山山路去看妈妈；妈妈也曾换乘几种车型，千里迢迢，由戈壁走向腹地，从荒凉行到繁华，去北京看她。

后来，老天不舍世人饱受牵挂之苦，安排我们后半生定居青城（呼和浩特市）。

人到中年，辗转中，匆忙历阅的景致，甘心经过的风雨，不过是为了和亲友守一缕安稳的世俗烟火。

工作调到青城，先觅一隅安身。

那天，乔迁新居，任阿姨和朵朵来参观。

所谓乔迁，只是搬进刚刚在农大附近租住的一套房子。打包的书一箱箱堆到窗台下，还有很多物品因地方不够置放，只能保持打包状态。

说是新居，其实是一套老旧的房子，旧小区改造工程在院子外如火如荼地进行，20 年前的装修风格像把人锁在旧时光里，心情灰扑扑的，只有阳光是新的，午后，斜照到旧式的粗布沙发、榉木桌几上。

我们相聚甚欢，小朋友们在局促拥挤的空间里也玩得不亦乐乎，黄昏时分，朵朵和妈妈回家，却把小企鹅落下了。

电话里，朵朵说："企鹅送给关关姐姐吧。"最后，小企鹅又被关宝"过继"给了弟弟。

小朋友对玩偶的期待像女人对自己的衣橱，永无止境地填充，永不可能满足。

家里玩偶多得可以开一间礼品店了，其乐融融的白老虎 4 口之家，那 5 个来自五湖四海商店的小企鹅组成了企鹅家族，只因眉眼相像，被小朋友抱回家凑齐 3 代。

除了买来的，还有一只兔子玩偶，是从垃圾桶边捡回来的。当初，3 岁的关宝可怜它的身世，眼底泛出两朵泪花，垃圾桶边嘟起小嘴和妈妈对峙，兔子不走她也不走，别无他法，只能收容回家，洗净晾晒，遂成关宝的至爱。

应知足，想想，妈妈小的时候，哪儿能捡到布偶呢？

妈妈小的时候，用一条枕巾两个宽边对卷到中间，在三分之一处对折，用皮筋儿扎出头的模样，就做成一个老鼠模样的布偶。白天放到手臂上，晚上搂在被窝儿里。

那天忆苦思甜谈及此，关宝尤感兴趣。随手做出来给她，她觉新鲜，抱着摩挲好一会儿。

眼下这只企鹅，也成了翰宝的心头肉。自从确定了“父子”关系，宠溺之情一日胜似一日。晚上睡觉，小企鹅占了枕头上的 C 位。1.8 米宽的被子也被那小企鹅占了大半，翰宝这个当“爹”的怯怯地枕个枕头边，再拉个被角搭在肚子上，可怜巴巴又幸福满满地守护着。可怜天下父母心！

下班，“企鹅奶奶”顺便给“企鹅姥姥”打个电话。电话那边依然一地鸡毛。我们都有两个宝贝，境遇相似，冷暖相同。

躲开喧闹。我说：“那个，翰宝已经当‘爸爸’了。”

“企鹅姥姥”不解。

待追根溯源，道清原委，“姥姥”哈哈笑，甚觉新奇有趣。两人开始分享最近遇到的好玩儿的童言稚语，电话里对小朋友的想法啧啧称奇。

那边有朵朵的声音，语焉不详，一番交涉，手机终于被抢过去。

稚气的声音，一字一句正告：“嗯，阿姨，我现在不能和翰宝结婚。因为我已经有了一个家庭，而且我现在还小。”

“哦，哈哈，好可惜呀，阿姨知道了，哈哈。”

强扭的瓜不甜，看来，以后企鹅宝宝要“鹅爸”独自抚养了。

武汉“黑牙”

开学第一天，早上 7 点 50 分，关宝背着重而大的书包，出家门。回头，带一脸坏坏的笑说：“再见，弟弟，祝你今天上幼儿园开心。”

窗帘没拉，朝暾斜穿过藕荷色的纹路透进一些微光，点缀着薄被开出的一朵朵玉兰花，暖意融融。

翰宝醒了，只是还不想起床，赖在被子里，和妈妈聊天儿。

听了姐姐的祝福，他似一惊，被子裹裹紧，缩缩脖子，皱皱眉嗫嚅：“妈妈，我肚子疼。”

最近，青城流感严重，本就打算开学后一周才让翰宝去幼儿园的。姐姐的祝福，只是一贯的恶作剧罢了。

“哦，肚子疼，那不去上学了，妈妈带你去医院吧。”

“还是不要了吧，你先把这个消息告诉老师。”

“唉，那你什么时候能好呢？”

“估计，要一年吧。”

这个小赖皮，胖胖的脸蹭蹭枕头，摆一个舒服的造型，开始像春播秋收的老农盘算丰收的愿景一样：“疼一年，正好到了暑假，过一个暑假之后呢，再疼一年，请假，又到了一个暑假，过了暑假，我读高中，读完高中，我就可以去北京了。”

前几天出去玩儿，回来，多了些和陌生人聊天儿的谈资：地铁很多时候在地下跑，汽车博物馆里有好多的车。北京成了衡量对比所有未知距离的参照点，当然，对比之后，还是未知。

北京之游，是翰宝的第二次旅行。早在妈妈肚子里 3 个月时，他就从北方鄂市行到南国湘楚，辗转数千里，夜幕下，金波粼粼的沱江边，陪妈妈、爸爸、姐姐听苗疆后裔龙舟竞技撼地震天的擂鼓呐喊声。

可是，诸多留存的合影，边边角角都没有他。床头墙上一家人的合照，翰宝站立端详良久：“怎么没有我？为什么？连你们都不爱我，那这个世界对我来说还有什么意思……”

翰宝极擅长一而再，再而三地灵魂追问。就连爸爸除去花盆里的一株小草，都要正言：“如果，这个，是你！你要被从花盆里拔掉，你会是什么感受？”

还是姐姐厉害，无中生有化解危机。

“有呢！”姐姐指：“你看，中间那张合照，你就在我们后面，可是你太矮太小了，没拍到。还有，那张，棉花云朵下面就是你，当时你和我捉迷藏呢，是你自己不记得啦。”

“怪不得呢！”带着原来如此的释然，翰宝俨然看到了自己东躲西藏、摄影师急得抓耳挠腮的场景，雨后初霁，脸上湛湛晴空。

未谙世事的人儿，快乐来得容易，悲伤也消失得极快。

楼下新开武汉周黑鸭店，这个从长江中游搬来的风味小店造势宣传一周了，门前花篮摆齐，音响招揽生意，好不热闹。

妈妈下班，翰宝叉腰气鼓鼓地和妈妈讲：“这个小店不像话，居然也叫‘武汉’。”

“这个‘汉’和你的‘翰’不一样，这个‘汉’是指汉江，你的‘翰’是‘文’的意思，‘武’‘翰’加起来，就是文武双全啊。”

“那他叫‘武汉’也行，还加个‘黑牙’。”

武翰门牙已被蛀黑，爱笑的小暖男，常未闻其声，先亮黑牙，一度被幼儿园某个小朋友关照，送雅称“小黑牙”。

“他这是故意的，店主！必须！换个名字！”

讲完原委就该付诸行动了。

找姐姐，姐姐热衷看热闹；找姥爷，姥爷拒绝参与暴力约架。最亲近的同盟军拒绝参战，剩他一人力所不及，甚至连下楼能否安全跨出小区门都难保证。

终于，机会来了。

一家6人出去吃饭，5人向东去坐车，满腔怒火的翰宝却西转去找鸭店算账。5人在马路这边焦急地等，片刻，翰宝乐颠颠跑出来，乐得合不上嘴，原来正赶上店里给顾客送礼物促销，他进去，拿到了，转头溜出来，前冤旧恨似化为乌有。

公交站口，姐姐说：“应是店主做了错事羞愧，主动送礼物赔罪，饶他们一次吧。”

翰宝郑重地点点头，他人生中的第一段江湖恩仇事在这初春二月，终结了。

去岁往昔，有些已经模糊不清了，所有的当下都会如此吧。小小孩童很快就会长成晔晔少年郎，然而，至真至纯的那段时间，妈妈帮你记得。

翰言，“汗颜”

周六，友约。晚高峰，天公又不作美，大雪。

一家人在路边翘首急盼。车来，鱼贯而入。

翰宝落座后排，探头到前，皱眉和司机抱怨：“我们都等你一辈子了！”

这个自以为是的5岁小儿，可知一辈子有多久呢？是走过迢迢人生路的总和，是怀揣记忆犹新的几个故人，是拥有和失去的减差，是衣服的杂彩，是食物味道的甜涩……

司机师傅很开心，许是我们的等让他体味出自己不可或缺的地位，一路和翰宝谈笑，我们做了听客。

立交桥下，红灯，对面车流匆匆驶过。我们不紧不慢地等。

翰宝多言，且常语惊他人。

在爸爸的朋友志军叔叔家做客，餐桌围坐满，拿手好菜配忘忧物几盏。翰宝右边是小主人昊昊哥哥，左边是志军叔叔。

已是初中生身高超1.75米的昊昊，细致体贴，一向对翰宝照顾有加，两人寒暄，天马行空。

“昊昊啊……”

“怎么说话呢，叫昊昊哥哥！”妈妈不悦，这等言辞礼貌何在？

志军叔叔呵呵回应：“没事没事，挺有意思。”

翰宝不置可否，左顾：“志军啊……”

汗颜！这小子。

当年，初生的那只牛犊观虎，心里之所以绝无半个怕字，是因其悦纳天地众生之不同。在翰宝的眼里，所获名利的厚薄，岁月累积的多寡，一生见识的长短，都不作数，他所见的，只是一个单纯的“人”。有时，我们所羡的不就是这样的一派自然天真吗？

有言，不可小觑小朋友，他们的记忆远比我们想象的宽广，有的在妈妈肚子里就开始记事，比如熟悉的声音，熟悉的味道，甚至忙于何事。

“翰宝，你还记得，你在妈妈肚子里的事吗？”

他斜睨一眼：“太久了，忘了。”

“再想想吧。”妈妈像在唤醒他在太古时代听到的风声耳语。

“哦，想起来了，我忙着拿小针管往我的身体里安装器官呢。”

在他看来，医生的小针管无所不能，效力无限。

俨然再无谈下去的必要了。但是，这个回答真是有趣啊。

原来，在他的眼里，出生前，所有的事要自己操心，选择小巧的眼、鼻，位置分布均匀，端正。耳朵呢，可以随后接续，一边一个，做成元宝形状，高低齐平。累了累了，嘴巴下次再说吧。

如此，翰宝刚出生的那一个月，每天要睡近 20 个小时，就是因为在妈妈肚子里太辛苦了，要大补一个月的觉吧。

除了自塑之苦，翰宝还苦读书，不，是苦于读书。

关关自中班独立阅读，从此，这枚小“书虫”广泛撷取，成绩不俗。

“来，爸爸给你读本书。”爸爸展书膝上，唤翰宝。

“爸爸，这是我的 500 元压岁钱，给你，不要读了吧！”

爸爸收了钱，默默地放下书。

那时，刚过 4 岁的翰宝已会察言观色、度人喜好，少有差误；为人父母，则为之计深远。怎奈，不费吹灰之力钱就到手了。好说好说，父子终于各取所需。

连续一个假期的冲刺培训，妈妈终于让翰宝获得阅读之乐。

已近夜里 10 点，爸爸在沙发上为翰宝读书，昏昏沉沉，已近梦呓。

“读的什么呀？读成个这？”转而，翰宝冲进来：“妈妈，爸爸读毛贼，那是毛绒小象！他读毛贼！”

爸爸已经酣然入睡，听不到妈妈和姐姐的啧啧称奇，一个爱心小象的故事，错一字，已变成了跌宕起伏的盗匪童话。

听众又极聪慧，听过两遍，记得清楚。

从那天起，妈妈知道，500 元已成过往的历史，咬文嚼字的大时代赫然而来了！

欠下的，终是要还的。

此后，一个胸有点墨的小大人时时故作大人语，逻辑渐渐缜密，言语极尽抒情，镶以修辞的花边。

“好了好了，不想吃就别吃了。”

“我还在想吃不吃呢，不要打扰我。”

反客为主的狡辩！

“左边还是右边？”

“左边。”

“左边是哪边？”

问了个寂寞！

“你的蛀牙越来越多啦。”

“妈妈，你是不是看到有一只蛀虫探出了头？”

凛然的寒意！

“最近，为什么我的脚丫总是从袜子里破壳而出？”

仿佛破壳的是一个惊喜！

走过四季的小孩儿，风一吹就会长大，会缀字成篇，会端详清楚人情世故。有一天回望妈妈珍藏的这些只言片语，会不会连自己都会“汗颜”？

成长，蒙昧的光华，清晰的落寞。